38℃爱情

无戒◎著

中国文联出版社
http://www.clapnet.cn

图书在版编目（CIP）数据

38℃爱情 / 无戒著 . -- 北京：中国文联出版社，
2021. 5（2023. 1 重印）

ISBN 978－7－5190－4552－4

Ⅰ . ①3… Ⅱ . ①无… Ⅲ . ①长篇小说—中国—当代
Ⅳ . ①I247. 5

中国版本图书馆 CIP 数据核字（2021）第 099205 号

著　　者	无　戒	
责任编辑	刘　旭	
责任校对	胡世勋	
装帧设计	邢海鸟	

出版发行　中国文联出版社有限公司
地　　址　北京市朝阳区农展馆南里 10 号　　　　邮编　100125
电　　话　010－85923025（发行部）　　　85923091（总编室）
经　　销　全国新华书店等
印　　刷　三河市华东印刷有限公司

开　　本　880 毫米×1230 毫米　　1/32
印　　张　7.5
字　　数　144 千字
版　　次　2023 年 1 月第 1 版第 2 次印刷
定　　价　68.00 元

序　言

你想过长大之后的生活吗?

我想过无数次,从来没有想过是现在这个样子。

今年九月西安的夏天很短,那种热得发疯的夏天好像还没来,就已经走了。夜里醒来已经有了凉意,早晨的阳光也变得温和。

一场秋雨过后,街上已经有人换上长衫。生活在继续,又像是在重复,一切都变得平淡而普通。这种平淡的日子亦有细微的幸福。

在这样平淡的岁月里,我也开始变得如清水一样寡淡,变得平凡、普通。和这世上万千的女人一样,过着相夫教子的生活,围着孩子,围着锅台,也会看书、写字,寻找属于自己的小时光。

一日又一日,一点波澜也没有。在书房里看书,一整个上午。

或者翻一些年代久远的电影,一个人静静地躺在沙发上看剧,茶几上除了一杯水,什么都没有。没有吃零食的习惯,亦没有吃水果的习惯。以前倒是有抽烟的习惯,如今也渐渐戒掉了,当真没有任何爱好了。

女人喜欢的逛街,打扮,买包,对我来说都毫无吸引力。仔细想来,幸亏喜欢写点东西,喜欢看书、旅行,不然这日子当真就无味的要紧。

看书的时候，有时候会忘记吃饭的时间，灵感来了会开始写故事，写故事的时候人才会活过来。孩子、丈夫回来之后，像所有的妻子一样为他们做饭，听他们说话。

有人说，幸福就是寻常日子依旧。看到这句话，忽然欢喜得不得了，这句话很好地诠释了我的生活。

这就是我的九月，这就是我的三十岁前夕。

有时候很茫然，有时候很幸福。有时候觉得烦躁，有时候很满足。我想，这可能就是生活。

开始写这部小说之前，我已经写了很多部小说，它们承载着我所有的情绪，无论是好还是不好，写出来留下来，我想这就是作品的使命。如果有缘，在某天，它们或许会跟大家见面的。

38度人生，脑海中突然出现了这样一个题目，或许写这样一部小说也是一个不错的选择。

开始下笔之后，经过几次修改，确定了"38℃爱情"这样的一个主题。

爱情，婚姻，家庭，成长，始终是我们生活的中心。小说在网络发表之后，受到很多人的好评，让我愈加有信心去写这样一个故事。

一个关于爱与被爱，成长与救赎的故事。

像一段童话故事，承载我对爱情最美好的向往，两个人经历了很多，在不断失败中，一次又一次站起来。在生活的琐碎中，依旧保持着最后的热情，给予对方最大的自由，记着自己所有的承诺，用力去给对方最想要的生活。

我喜欢写悲剧，总觉得完美结局不真实。

而这个故事像是特殊的存在，它带着某种使命和力量，让人相信爱情的存在，相信不离不弃并不是谎言。

生活很难，我们最需要的是希望，希望能够让人拥有活下去的勇气，让人相信未来是美好的。

这可能就是这本书的意义。

如果有缘你遇见它，遇见这本书，希望你心怀希望地活着，过好每一天。

也希望你可以像女主人公吴启一样，去寻找最适合自己的生活，让自己的此生不虚度。

无戒 2019 年 9 月

西安

目 录
contents

1. 有缘千里来相会

2009年的夏天，我来到这座让我魂牵梦萦的西安古城。

我以为，是因为我喜欢它千年的历史，喜欢它夕阳下低吟浅唱的风情，喜欢那矗立在城市之中的城墙、鼓楼。后来我才知道，我来这里只为遇见他。

那一年，他刚从新疆转学回到陕西。那一年，我刚高中毕业，从甘肃来到这座古城。

晚一年，早一年，我们或许都不会遇见。

有时候，我觉得遇见他，是早有安排，才能在遇见他那天，一眼就认出是他。

初遇见他那日，还是六月的天气。西安城很热，阳光火辣辣地烤着大地，街上的行人都行色匆匆。我穿着恶俗的大红旗袍，站在一家藏式餐厅门口。

那是我来到古城的第三日，身无分文，晚上只能在大雁塔的椅子上过夜。

凌晨四点的广场很冷，我坐起来双手抱着双腿，看着月光下的大雁塔，竟无一丝害怕，心里有着对未来的期望。

初生牛犊不怕虎，我对世界所有的危险都毫无感知，更不知道在家里急疯了的父母；只顾着自己恣意妄为，只想着自己的诗与远方。黑色的背包里，放着一双红色的绣花鞋和一本盗版的《安妮宝贝全集》。

在身无分文的时候，我决定去打工，好让我能够继续生存下去。

我在这家藏式餐厅找到了服务员的工作，我喜欢这家餐厅的格调。

门口的栀子花香，我至今都记得，淡雅、悠远，一直飘到餐厅里。走廊上的玛尼轮，房屋上的雕刻花纹，唯美别致。

它有一个非常好听的名字：雍布拉康。

我就在这里停留了下来，店里很清净，人很少。放着藏式的歌曲，有时会放经文，这里的一切都像是似曾相识。

直到他走进店里的那一刻，我才知道，原来我之所以对这里熟悉，是因为他。

像是很早之前就认识一样，像是这样的情境曾经在梦境中出现过千次。

他站在我的面前说："你笑起来，真假。"

我抬起头看见他，顺便记住了这个男子。

我惊讶于他看穿了我的伪装，也惊讶于他的直白。

他并不是出众的男子，反而很普通，绿色短袖，洗得发白的牛仔裤，寸头，因为太瘦，颧骨很高，戴着眼镜，看不清楚表情。

他说得很认真，我就那样看着他，没有回应。他继续说："丫头，你真是任性，一个人跑出来，你知道家人担心你吗？"

我看着他认真地说："我们是否见过，感觉好面熟？"

他说："小丫头，赶紧回家，外面的世界很危险。"

那是我们第一次见面，相互说着彼此都觉得无厘头的话。

那时候我的工作就是在门口站着，对着进来的人说"欢迎光临"。而他是在后厨帮忙传菜到前厅。

店里不管住，但是管三餐，我会在下班之后，在大雁塔广场看着繁花似锦，会在酒吧一条街街边的凳子上听流浪歌手唱歌，看世界灯红酒绿，看男男女女、你侬我侬。

一个人在街上漫步到深夜，灯光下影子被拉得很长，我在影子里看到了自由，默默地对自己说："就这样，不要回去了。"

街上渐渐冷清下来，世界开始暗了，我再次回到广场的椅子上，等着黎明。

后来店里的人，都知道我的故事，包括他。有人热情地邀请我同住，我一一拒绝，而他什么也没说。

就在来到店里的第三天晚上，在下班的时候，我听见有人叫我："小丫头，过来。"

我回头看见是他，停下脚步。他递过他的手机给我说："给你家里打电话，你消失多久了？没钱告诉家里，怎么能住广场呢？多危险你不知道吗？"

听见他这样说，我突然就感动了。我记住了，站在玛尼轮中间的他，脸白白净净，戴着眼镜，斯斯文文。总觉得在哪里见过，或许这就是一见钟情。

我接过电话，犹豫了许久，拨通了家里的电话。电话那头是母亲焦急的声音，我听见她快要哭了的声音，才知道自己多么自私，他们已经几天没有睡觉了，以为再也见不到我了。

我听见父亲的咆哮声："死在外面，不要回来了！"

挂了电话，我心情低落到极点，一句话也不想说。

而他就站在我身边很久，直到店里的人都走光了，整个世界里只剩下我和他。门口的栀子花开得正盛，散发出阵阵清香。对面灯红酒绿的世界已经开始，酒吧里传出阵阵歌声。

我听见他说："我带你去一个地方，你可以暂时先住在那里，至少安全。"

我站起来，看了他一眼，勉强笑了一下。

他皱了皱眉头说："你笑得真难看。"

我们走了很长的路，他走前面，我在后面，很安心，没有一点害怕。

那晚天上没有月亮，也没有星星，只有街边的灯光。

这世界里还有别人吗？我忘了，我好像只记住了他。

我转过头问他："你喜欢我吗？"

他昂着傲娇的头颅，没有理我。

我继续说："我觉得，我们会结婚。"

他转过头冷冷地对我说了一句："神经病。"

看着他窘迫的样子，我偷笑。灯光下我们的影子重合，像是一对难分难舍的爱人。

我说："哎，你为什么抱我？"

他惊恐地退后了一步，看着我说："我哪里有？"

看着他惊慌失措的样子，我心情好了不少。指着影子说："刚刚在那里，你的影子拥抱了我，所以你要对我负责。"

他气急败坏地说："疯丫头，真是个疯丫头。"他脚下加快步伐，好像恨不得立刻从我眼前消失。

我哈哈大笑，跳在他前面问他："你别害怕，我不会吃了你。"

他脸上的表情渐渐松弛，嘴角微微上扬。

我听见他说："丫头，你笑起来很好看，这才是你应该有的样子。"

我看着他，很想知道，我们的未来。

你相信一见钟情吗？自从遇见他那一刻起，我相信了。

那是我们第一次见面，后来无数次说起那天，他总是说："你那时候的样子，真是像极了女流氓，吓坏我了。"

2. 我想要可以过一生的女孩，你不是

那条路很长，我跟在他的后面走了很久。

我喜欢这样的漫步，曾经想象可以在一条没有尽头的路上一直走下去，就那样老去。

他说："丫头，今天你先在这里住下，明天回家去，你家里人很担心你。"

我说："你管我。"

他停下脚步，转过身，站在我的面前。我仰着头瞪大眼睛看着他，他离我很近，我几乎可以听见他的呼吸声。

他弯下腰，贴着我的身体，伸出手，扔掉了我手中的烟，看着我说："丫头，你看你，没有一点女孩的样子。小小年纪不学好，抽什么烟。"

没有女孩的样子，从小到大每一个人都这么说我，我一直在想，女孩的样子到底是什么样子？为什么我是女人，却从来不知道。

刚才的快乐，跟着他的声音烟消云散。

"你管得真多。不要以为你帮我找房子，就可以对我指手画脚的，我不需要。睡马路，我愿意。"

我站在原地看着他，他突然就温柔了下来。

"不去了，我宁愿睡在马路上。"

他脸上的表情很精彩，像是生气的样子。

"从未见过像你这样的女孩，走吧！很晚了。"

他很无厘头地说了这样一句话。

"走吧！别闹，还真是孩子的性子。"

我看着他，不知道为什么要跟他置气，所有的行为毫无理由。

他依然很耐心地哄着我，那样子温柔极了。

他过来握着我的手，硬拉着我前行。我看着地上的影子，像是在哪里见过这样的情形。

他说："不要说脏话，你一个女孩子。"

我没有理他。

他继续说："要喜欢这个世界，不是仇视。"

我依旧不想说话，脑子里一直出现一个声音，在对我说："他就是你未来的丈夫。"

我不知道为什么会出现这样的幻觉，但是它是那般真实。

他的手掌不大，很有温度，那温度传遍我的身体，让我安心。

在路的尽头出现了一座村子，人声鼎沸。我们被淹没在人群中。

他的手始终没有放开，我跟着他七拐八拐地走进了一个黑巷子，又拐进了一座院子里。

院子四周都是密密麻麻的窗户，每个窗户里都闪烁着微弱的光。他转过头对我说："你先住在这里。"

我的手在他的手心里出了汗，心也跟着狂跳不止。

刚进院子，他就松开了我的手，说："别乱跑，注意安全，房间在502。你自己上去吧，很晚了，我先回了。"

他把钥匙放在我的手心，看了我一眼，转身走了。

"喂，你叫啥？我叫吴启，还有……谢谢你。"

他停下了脚步，转过头冲着我笑。那是我第一次见他笑，那一双漠然的眼睛里瞬间有了光，很好看。

"王鹤允。"

说完他就消失在院子门口，只留下我一个人。楼道黑漆漆的，借助着房子里的光，我爬上了五楼。

推开502的房门，一间拥挤不堪的小屋子出现在我的面前，发霉的味道扑面而来。

我打开灯，看着一张小床上，铺着已经发黄的铺盖，白色的墙壁发黄，还有脱落的痕迹。屋子大概有十平方米那么大，一张床，一张破旧的红色桌子，老式的脸盆架子，已经让它拥挤不堪。

我忍着心里的不适，把这个别人施舍给我的家，打扫了一遍，感觉身体累极了。

躺在床上，刚闭上眼，就睡去了。

不知道睡了多久，迷迷糊糊地听见有人喊我的名字，剧烈的敲门声，把我从睡梦里叫醒。

我艰难地从床上爬起来，打开门，看见眼睛发红的王鹤允。

还未等我说话，他就劈头盖脸给我一顿骂。在他的骂声中，我才知道，原来我整整睡了一天一夜，现在已经是第二天六点多了。

我茫然地看着他。

他骂着骂着突然就笑了。

"天哪，我真是倒了八辈子霉才会遇见你。"

"你还活着就好，记得吃饭，我走了。"

他还没走远，我竟然对他说："王鹤允，我没钱。"

他站在原地三秒，才回过头对我说："大小姐，你快去洗脸，我带你吃饭。哎……"

他长长地叹了一口气。

在闭塞的空间里，只有我和他，就连空气都是暧昧的味道。他坐在床边一言不发，我在他的注视下，尴尬至极。

我快速地收拾好自己，和他离开房子。

后来我问他，你那天坐在床边在想什么，是不是图谋不轨。

结果他说："你不看看你那天的样子，哪个男人会有兴趣。我在想，我怎么这么倒霉，遇见了你。"

那天是我们第一次一起吃饭，他带我吃的是面，我记得很清楚。

六块钱一碗的蒜蘸面，两个人都吃得满口大蒜味。

后来，每次遇见蒜蘸面，我都会去吃，可是再也吃不出那个味道。

他坐在我的对面，对我说："你该回家了，有没有路费？我明天拿给你。"

我说："你少管我，我不回。我要去流浪。"

我刚说完他就笑了。

"你几岁了，还这么幼稚。"

"墨脱，你知道吗？莲花圣地。我打算去那里。"

"小丫头，外面很危险，快回家去。回去上大学。"

"你怎么跟我爸似的，老男人，你少管我。你不懂我。"

他没有再说话。

我点了一根烟，坐在他对面，在想这个突然出现的男人，他为什么会出现。

他看着我抽烟，自己也点了一根，又伸出手，把烟扔掉了。

我刚想骂他，面条被端了上来。饿了一天的我瞬间忘记了所有的事情，被眼前面条的味道吸引着。

他又说："小姑娘，别抽烟，不像样子。"

他总是那样一本正经，说着他认为正确的事情。

我看着他，看着眼前的面条，想起他对我说过的每一句话。我清楚地知道，眼前这个男孩，是个善良的男孩。

　　他管我的样子，让我想起已经多久没有人管过我了。我就像一个野生的孩子，孤独地活着，活在自己的世界里。

　　我曾无数次想过，要是我哪一天突然消失，可能都没有人知道。

　　热腾腾的面条模糊了我的双眼。

　　不知道是因为感动，还是难过。

　　他突然看着我说："丫头，你哭了。明天我还可以请你吃饭。"

　　"谁哭了，你眼花了吧！哦，你戴眼镜，眼神不好。"

　　他无奈地摇了摇头，说："你这个样子不好，这不是你的样子。"

　　他又一次看穿了我。

　　他到底是谁？他为什么会出现在我的生活里？我的脑子里一直在重复着这个问题。

　　他慢条斯理地吃着面条，说话的时候不紧不慢。

　　不知怎的，我突然冒出了一句："你做我男朋友吧！"

　　他把筷子放在一旁，停下手里所有的动作，看着我，很认真地说："我想要一个和我恋爱、结婚、生子，这样平凡过一生的女人，而你不是。"

3. 你不喜欢我，你只是寂寞而已

　　他想要一生一世的爱情，他想要从一而终的爱情，而我看起来确实一点都不像可以过这样生活的人。

　　我在想，不知道我的未来会是什么样子，陪我过一生的会是谁。

　　我想起卡卡曾经问过我，理想的伴侣是什么样子。

　　我说："身高一米八，可以陪我浪迹天涯。"

　　他看起来一点都不符合，他像是一个暮年的学者，刻板、无趣。重要的是和我一样高，这对我来说，简直是不能接受的。

　　他坐在我的对面，我强烈地感受到，我和他之间有故事，不然也不会在认识24小时之后说出这样的话。

　　心乱如麻的我，只能选择沉默。

　　七月长安，骄阳如火，汗水顺着我的脸颊滴落。

　　我与一个陌生的男孩，坐在一家破旧的面馆里吃面。而且他刚才拒绝了我的表白，这一切都让我觉得恍惚，好像是做了一场长长的梦。

　　我不甘心地问他："你为什么要帮我，难道不是因为喜欢我？"

　　他说："换成任何小姑娘，我都会帮，你想多了。"

　　他这样的回答让我一时间无言。

"走吧！我要回房间。"

我们起身走出了面馆，夜幕降临，这条路上的灯光再次亮起来了。

这是一个和我所在乡镇完全不一样的世界，所有的事物对我来说，既新鲜又有趣。

他话不多，很瘦，走路很快，像阵风，我需要跑着才能跟上他的步伐。

他在前面走，我在后面跑。有时候他转过头来看我，会微笑。那笑容很淡然，让我心生欢喜。

"王鹤允，你有女朋友吗？"

"没有。"

"你为什么不找女朋友？"

"没有遇见合适的。"

"什么是合适？"我继续问他。

他说："遇到才知道。"

"那你怎么知道，我不合适。"

他停下脚步，站在我的面前，低下头看着我，他的脸离我很近，我可以清楚地看见他的五官。

他的唇很好看，看起来很适合接吻。这样的念头在我心中一闪而过。

我的心剧烈地跳动着，刚才所有的张扬，被他吓没了。

我下意识地后退了一步，他满意地笑了。

"丫头，保护好自己，这世界上坏人很多，我没有你想得那般好，我送你回去。"

他的举动，让我开始困惑，他到底是一个怎样的人。

那一晚，他把我送回房间之后，留下一百块钱就离开了。

我一个人坐在这间小房子里，想起昨天暴怒的父亲，心里很难过。

我拿着那一百块钱，带着身份证去了网吧。我看见哥哥给我的留言。

他说："打电话给我，快点回家。"

我记录下电话，拨通了哥哥的电话，心急如焚的哥哥并没有骂我，他一直在叹气。

他说的最后一句话是："发银行卡号给我，我给你打钱。"

第二天，我收到了哥哥打给我的三百块钱。那是我成年之后，第一次理解了亲人的意义。

第二天早晨上班，我并没有见到王鹤允。

我跟着一群在这里上班的小伙伴打扫餐厅，继续穿着那恶俗的大红旗袍，站在门口，对着零星的客人说："欢迎光临，里面请。"

他们傲慢地无视着我们的热情，趾高气扬地指使着我们为他们服务。

那是我第一次思考我的未来。我以后要去哪里，会过什么样的生活。

站在我旁边的女孩和另一个女孩，正叽叽喳喳地说着一些八卦，而我木然地站在原地，茫然而无措。

甚至不知道如何跟她们交流，我听见她问我："你真的睡在广场上？会不会害怕？"

我说："不会，远处的大雁塔陪着我，我觉得很好玩。"

她们不可置信地看着我，那表情里有很多情绪，其中一种是同情。而这种同情让我厌恶，连同厌恶她们的人，甚至不愿和她们多说一句。

我听见她们对我的评价，高傲、无理，有些神经质。

但是这些又有什么关系呢，我心里想。你们所有人与我没有任何干系，对我来说毫无意义。

我的沉默，让她们觉得很无趣，于是她们开始排斥我、孤立我，任何事情都安排我去干。对我来说，这些都是解脱，因为我可以独自一个人待着，不用忍受她们的聒噪。

那天，几乎店里每一个人都问过我："你睡在广场上？"

再后来，我甚至懒得回答，就一言不发。

我听见她们拿我开着恶俗的玩笑，我听见站在我旁边的女孩对一个男孩说："你可以带她回家，跟你睡。"

不知道怎么的，我突然脱口而出一句："你闭嘴，八婆！"

话刚一出，所有人都眼光齐刷刷地看着我，那个女孩突然就哭了，边哭边说："真是神经病，你们看，是不是神经病。"

我看着她，想起从小到大总有人跟我说："你看你，没有一点女孩的样子。"

那个女人的样子，应该就是女孩的样子，娇柔、脆弱、可怜兮兮。

有人站出来维护她："我们只是关心你而已，你怎么能这样？"

"关心你妈，离我远点！"

就在这时，王鹤允从门口进来了。

我听见他说："怎么了，欺负新同事干吗？"

那个女孩看着王鹤允哭得更厉害了，边哭边说："三哥，她骂我。"

他看了我一眼："你咋还不回家，又来上班？"

我没有理他，转过身去，继续站在门口，街道上车来车往，门口的栀子花香飘了进来。

老板的弟子，法印一边念经，一边转动着玛尼轮。

我好像不适合这个世界，与所有人都格格不入。

王鹤允不知道对那个女孩说了什么，我看见那女孩笑了，看王鹤允的样子温柔极了。

就在那一刻，我决心，一定要让这个男孩成为我的人。不知是为了赌气，还是因为他的帮助。

总之，那个念头就那样生了出来。

那个下午，他一直没有过来跟我说一句话。

店里所有人都当我是透明人，这让我很开心，我讨厌与人交谈，也害怕与人交谈。

那天晚上回家的时候，我看见站在门口的王鹤允喊我。

"吴启，我送你回家。"

我说："好。"

店里的那群人经过我的身边，嘴角露出诡异的微笑。

我跟着他离开。

他突然跟我说："你应该学会与人交往。"

我点了一根烟，跟在他后面，听见对面酒吧里传出来一首歌。

有一句歌词是："整条街都是恋爱的人，我独自走在暖风的夜。"很符合我那时的心情。

我问他："你会唱这首歌吗?"

他突然笑了，"小丫头，你竟然没有在听我说话。"他又一次拿走了我手中的烟，这次他没有扔，而是自己抽了起来。

我看见他走进一家奶茶店门口，一会儿拿着一个甜筒出来递给我。

"小丫头应该吃这个。"

我接过甜筒，问他："你一个人生活会寂寞吗?"

他说："寂寞每个人都会有。"

我说："你说两个寂寞的人在一起，会不会就不寂寞了？"

他没有回答我，而是轻声哼起了刚才的歌。他的声音低沉而干净，比刚才的歌手唱得还好听。

在他深情的歌声里，我感受到他很孤独，感受到他渴望爱和永远。

我们又一起在这条路上漫步，我听他唱歌，我知道了他是交大的学生，知道他来这个饭店只是兼职。知道了他比我大四岁，一个人从新疆来这边上学。

他依然把我送到门口，这一次他给了我一个旧手机说："手机里有我电话，有事打给我。"然后转身离开。

这是我认识他的第三天。

那晚我发短信给他："我们在一起吧！我很喜欢你。"

那是我第三次对他说出这样没有任何缘由的话。

很久那边都没有回音，一直到第二天早晨醒来，我才收到他迟来的回复。

他说："你不是喜欢我，只是在你最需要的时候，我刚好在你身边而已。"

我看着他的这句话，愣了很久。

他依旧可以看穿我所有的行为，这一切都让我很挫败。

4. 我会记得你，你还欠我钱呢！

他并没有答应成为我的男朋友，只是每天晚上送我回家，然后离开。

我们像是认识很久的朋友一样相处着。

有了手机之后，终于和家里取得了联系，母亲不断地打电话过来，让我回家。同学们已经开始在填高考志愿，而我决心放弃上学，打算就这样流浪下去。

我策划已久的逃亡终于实现了，再也不愿回到那个地方。

我听见母亲在电话里哭泣，父亲在电话里咆哮。而这一切都丝毫无法撼动我不想家的意愿。我固执地坚持着自己的选择，甚至不惜伤害我最爱的人。

在我与父母的对抗中，他们选择了妥协。

后来只留下父亲一句话："照顾好自己，不要后悔自己的选择。"

当父母放弃与我抗争之后，我便安心地待在这座城市里。每日下班之后在那间闭塞拥挤的小房子里，看书、写文。

夜深的时候，我躺在微弱昏黄的灯光下看书，安妮的《莲花》。

策划着再次离开，前往墨脱。

那时候，我已经来到这个城市二十多天，就在我打算离开的前夕，意外发生了。

我踩空了台阶，从楼梯上掉了下来，巨大的疼痛袭来，而后变得麻木。我打电话给王鹤允，"我受伤了，你可以过来一下吗？"

那时候已经12点多了，整个楼层很安静，黑漆漆的，只有零星的灯光，还有不知从哪个房间发出来的啪啪声。

我用力起身，可是浑身没有一丝力气，躺在黑暗、冰冷的楼道里。我第一次体会到什么是绝望，什么是蚀骨的孤独。

胳膊以肉眼可见的速度肿了起来，疼痛感消失，连同知觉一起消失。

王鹤允赶来的时候，已经是20分钟之后，他气喘吁吁地站在我面前。伸手把我抱了起来，轻声问："感觉怎么样，能走吗？出租车在外面，我送你去医院。"

那时候，我身上只剩下哥哥给我的一百块钱，本来打算干完这一个月之后，拿着工资，离开这里。此刻的境遇让我难以启齿。他见我站在原地不动，以为我身体不适。转过身背起我，艰难地从楼梯上移动。

就在那一刻，我在想，嫁给这样的男人应该会幸福。

我被他塞进了车里，前往西安红十字骨科医院。

后来他告诉我，那天晚上，他把宿舍同学所有的生活费都借来了。他知道，我身无分文。这件事让我感动了很久，一直到现在，我还能想起来，我想嫁给他的那个夜晚。

在车上，他让我靠在他的身上，一边用手托着我受伤的胳膊，一边催着师傅开快点。

西安的夜晚灯火通明，跟村子里完全是两个样子。城市很大，每个人都很孤独，村子很小，每一个人都很安心。

他帮我交了所有的费用，陪我做完了检查。右臂粉碎性骨折，需要尽快手术，手术费用大概在两万元左右。

这样的结果，完全出乎我的意料。放在我面前的选择只有一个，回家。

那晚他没有再回学校，从医院回来的时候，已经是凌晨四点了。他坐在我的床头，我抬起头看他，他亦看着我。

他说："丫头，明天我带你找老板要工资，然后送你回家。"

我说："王鹤允，你为什么对我这么好？"

他说："我不知道。"

我说："我走了，你会想我吗？"

他说："会的。"

我笑了，他也笑了。

"王鹤允，不知道你未来的妻子会是什么样子？"

他说："安心睡觉，我结婚的时候告诉你。"

"你都没有女朋友，怎么结婚？"

"以后会有的。"

我看着他，在想，我们的故事会不会就这样结束了。这让我很难过，比我不能去墨脱还让我难过。

我说："你睡在我旁边吧！你也很累了。"

他说："不用了，我在这里看着你，你睡吧！马上就天亮了。"

我说："你真好，谁嫁给你应该都会幸福。"

他看了我一眼，竟然说："我也这么觉得。"

后来我们都没睡，我靠在床边跟他聊天。他看着我桌上的日记本和书问："你在写什么？"

我说："给你写情书。"

他说："给我看看。"

我真的拿给他了。

我记得有一句是西安的栀子花开了，那花香里走出一个男孩，他对我说："丫头，你要学会爱这个世界，而不是对抗。"我就那样记住了他。

他看着我的故事，沉默了半天。

我问他："你有没有感动?"

他说："丫头，你还小，不懂爱。"

这一次我没有辩解，因为我知道，我们不可能了，我要离开了，我们之间的故事要结束了。

"王鹤允，谢谢你，我会永远记得你，我还欠你钱呢。等我伤好了，我挣钱还你。"

他说："好。我记住了，你可别耍赖。"

天渐渐亮了，楼道热闹起来了。

他起身出了门，我听见他对谁说："帮我请个假，我今天不去上课。"

打完电话，他进来问我："丫头，你感觉怎么样，还疼不疼?"

我低头看见我的胳膊，已经肿得和我的小腿一样粗了。我指了指胳膊说："没有感觉，我现在好像只有一个胳膊似的。"

他说："下床，我带你去吃饭，吃完饭，我带你去店里要工资。"

那天，我站在雍布拉康门口，手抚着走廊上的玛尼轮，再次闻见门口的栀子花香。

我并不知道他跟老板说了什么。他出来的时候，手里捏着五百块钱，说："我送你回家，给你家里打个电话。"

我拨通了父亲的电话，听见了他们焦急的声音，我才意识到自己是个浑蛋，一个只顾自己，自私的浑蛋。我想起在烈日下为别人干活的父亲，舍不得花钱看病，留下腿疾的母亲。

泪水汹涌而出。他伸出手接住了我滴落的泪，眼睛里有我从未见过的东西，深不见底，捉摸不透。

这甚至让我觉得他在难过，为我们的离别而难过。

那天上午，他在房间里帮我收拾东西。

他说："你那双绣花鞋很漂亮，很适合你。"

我说："那是我妈妈做给我的。"

他说："回去好好养病，病好了，去读书。"

我说："我不打算念书了，我想去流浪。"

他说："你文章写得真好。"

我说："我想成为安妮宝贝那样的作家。"

他没再说话，收拾好东西的时候，已经12点了。

我们买了下午三点多的票。

我看见镜子里的自己对他说："王鹤允，我想洗头，我不想家人看见我这个样子。"

他说："我帮你。"

他烧了开水，帮我兑了凉水，用手仔细地试着水的温度，温柔地帮我解开头发，扶着我站在脸盆架前面，手指抚过我的长发。我看见楼顶有一缕阳光从房屋的缝隙里偷跑进来，打在我们身上，绝美而温柔。

我闻见他身上的味道，淡淡的烟草味，独一无二。

这样的情形像是在哪里见过，上一世，还是梦中，我无从得知。可是从我遇见他那一刻起，在我心中无数次出现"我会嫁给他"这样的念头。

他笨手笨脚地帮我洗头、梳头。我们离得很近，彼此可以听见对方的呼吸声。

我抬起头问他："王鹤允，我们还会见面吗？"

他说："会的，我会记得你，你还欠我钱呢！"

我被他逗笑了，他又一次说："你笑的时候很好看，多笑笑。"

我们就这样分开了。

5. 再见，何时再见

那天王鹤允并不是把我送到车站，而是把我送回了老家的车站。

他扶着我上了车，然后坐在了我旁边。

我看着他说："你赶紧回去上课吧！"

他说："没事，我请假了。"

"车要开了。"

"我知道。"

"那你还不下车，车要走了。"

他递给我一张票，我清楚地看见上面写着目的地：西峰。

我不可置信看着他问："你跟我一起？"

他说："你这个样子，一个人不方便，我把你送到，就回来。"

他说得风清云淡，而我被他感动得一塌糊涂。

我不断重复地问他："你不是不喜欢我吗，你为什么要对我这么好？"

他说："丫头，你看天阴了，要下雨了。"

我转过头看窗外，拥挤、热闹的车站，远处的高楼，我曾经向往的城市，好像都在和我告别。

这座曾经承载着我所有梦想的城市，这个让我魂牵梦萦的城市，这个让我不顾一切瞻仰的城市，并没有给我留下太多的印象。关于这座城市最后的记忆，好像只有坐在身边的他。

车子缓缓地驶出车站，他坐在我的身边，小心翼翼地把我右臂放在膝盖上，我在他的眼睛里看到了温柔。

车子还没有驶出陕西，就飘起了雨，从小雨逐渐变成大雨，到后来变成倾盆大雨。

我对他说："你看，老天爷都看不惯我们分开。"

他说："你这个脑袋瓜子想的东西总是跟别人不一样。"

我说："王鹤允，你要是找不到媳妇，到时候记得来找我，我给你当媳妇。"

他突然笑了。那笑容我至今记得，让我的心瞬间化了，整个世界都好像被阳光包围着，虽然外面倾盆大雨。

他轻声问我："你会当媳妇吗？"

我说："我可以学的。"

他笑得更肆意了，那是他第一次如此放肆的笑。

他没有接我刚才的话，而是说："你靠着我睡一会儿，到了我叫你。"

他说得很自然，好像我们已经熟到不分性别的份上了。

刚说完，他就把我头拉过来靠在他的身体上，我的脸甚至能感受到他脖子的温度。我假装闭上眼，不去想我们马上就要分开的事实。

我隐约感觉他转过头看我，感受他的胳膊轻柔地环绕着我的身体。我们像热恋的情侣一样，相互依靠着。

后来我多次说他，太能装了，嘴上说不要，身体很诚实。他告诉我说："说实话，那时候的你像风，带有太多的不确定性。"

那天到家的时候，已经晚上八点多了，外面的雨还在下，没有一丝要停下来的迹象。

到车站的时候，爸爸还没到。他把我送进候车室，把行李放在我脚旁，伸出手，拥抱了我。

我听见他在我耳边说："好好养病，继续上学，我走了。"然后转过身离开。

我跟着他出了候车室，他一直冲我摆手，让我回去。

我站在雨中冲着他大声喊："王鹤允，你的手机，我忘记还你了！"

"送给你了。"

"王鹤允，我还欠你钱呢，你别忘了！"

"我记得了，你快回去。"

我还想说什么，就听见有人喊我名字，我转过身看见了爸爸妈妈。

他们看见我肿得跟小腿一样的胳膊，妈妈眼圈红了，爸爸始终沉着脸。

等我再看向车站外面的时候，王鹤允和刚才那辆车都已经消失不见了，之前所有的一切都像是一场梦一样结束了，我再次回到了原地。

那天，我就住进了市医院，爸爸妈妈寸步不离地跟着我，他们的怒气，在看见伤痕累累的我的时候，全部转化成关心和担忧。我成功逃过一劫，逃过一顿责骂。

手术安排在第三天，我整日躺在病床上，不是吃就是睡。无聊的时光里，我总是能想起王鹤允，那个温柔和冷酷的男人，那个善良而有趣的男人。

我开始学习用左手写文章，写关于西安的那场邂逅。

王鹤允回家之后，我的手机就停机了。

我们就那样中断了所有的联系，一直到我做完手术出院的那天，我才偷偷跑到电话亭，买了一张充值卡，而那已经是半个月之后了。

等我出院之后高考志愿已经填完了，同学们陆续收到了大学的通知单，而我放弃了那一次上大学的机会。

西安的灯红酒绿，让我对外面的世界充满了向往，失去了对上学的所有热情。

在我回家的第一天，卡卡和仲夏来家里看我。

那是毕业之后，我第一次见她们。她们是我在这个世界上仅有的朋友，我们从初中到高中毕业一直都形影不离。

卡卡考上当地一所师范学校，仲夏报了一所三本院校，她们都已经收到了录取通知书。

看见用石膏固定着右臂的我，她们愣在原地，脸上强扯出笑容打趣我说："死女人，你这是怎么了？你这段时间去哪了，连我们都不联系。"

她们就是我的损友兼闺密，我们就是在互相打击中，建立了深厚的友谊。

那一晚，她们都没走，我们像上学时候一样，挤在一张床上说着只有我们能听懂的小秘密。

我跟她们讲和王鹤允之间的故事。

她们说："这个男人太有心机，不适合你。"

她们还说："他肯定喜欢你，只是在玩欲擒故纵。"

我听着她们谈论他，开始想他，我已经很久没他的消息。

卡卡说："你手机给我，我帮你试试他。"

我把手机扔给她，我看见她给王鹤允发信息。

"王鹤允，最近可好，我会尽快把钱还给你。回家之后，我一直在想，既然你不喜欢我，以后我们就不要再联系了。祝你幸福！"

　　还没等我看完，卡卡就按了发送键。

　　后来王鹤允说："媳妇，你真的太坏了，让我爱上你，又把我无情的抛弃。你看我现在还在心疼，快抱抱。"我真的无法把面前的他和那个冷酷高傲的男人联系在一起。

　　看见我生无可恋的样子，卡卡和仲夏哈哈大笑了起来。

　　"老三，你真的恋爱了，我还以为你喜欢女人。"

　　"滚滚滚，你们两个大坏人。我的允哥哥，会不会真的相信了？我嫁不出去，以后你们养我啊！你们两个死女人！"

　　那晚我一直没有收到王鹤允的回信。

　　仲夏说："老三，你允哥哥早把你忘了，你看他连你信息都不回。"

　　这让我觉得很难过，若不是这两个女人在我跟前，我感觉我会难过得大哭。

　　一直到第二天早晨起床，我才收到王鹤允的短信，他只发了四个字："早安，丫头。"

　　再后来每天中午、晚上都会给我发这样的信息：

　　"早安，丫头。"

　　"午安，丫头。"

　　"晚安，丫头。"

　　第二天，卡卡和仲夏回去了。

　　家里突然就安静下来了，只剩下我一个人。爸爸又出工了，妈妈下地了。院子安静地可以听见公鸡的叫鸣声，远处的狗吠声，门前杨树上的蝉鸣声。

　　我坐在书桌前，看着窗外，看着我笔记上写的那无数个墨脱，还有王鹤允的名字。天空白云朵朵，湛蓝的天空带着我的思绪飘向了远方。

　　不知道王鹤允在做什么？没完没了的想念，让我整个人都很烦躁，连同我最喜欢的书都看不下去了。

　　我用左手歪歪扭扭地写着我和王鹤允之间的故事，故事里我们相爱了，又分开了，分开之后，我一个人去了墨脱。

　　写完那个故事之后，我又一次收到他的短信，他说："午安，丫头。"

　　我回了一句："允哥哥，我很想你。"

　　许久，我看见手里躺着一句："丫头，我也是。"

6. 我们分开吧！

我看着他发给我的那一句："我也是。"愣了很久才反应过来，他在说他也很想我。

这突如其来的表白，让我高兴得快要疯了。

我拿着手机，在房间里转来转去，很想打电话过去，告诉他关于我所有的想念。可是我又不确定，我们还会不会有以后。

这种感觉糟糕透了，我很想找人聊天，却发现不知道说给谁听。我只能坐在原地发呆，最终还是没有拨通他的电话。

一直到晚上，我再次收到他发给我的信息："晚安，丫头。"那是我回家之后，第一次与他聊天。

"王鹤允，你上午是不是说，你想我。""是。"

"你不是说，你不喜欢我吗?"

"我没说。"

我仔细想了想，好像还真是。

我接着回了一句："这么欺负我，很好玩吗?"

他说："我没有。晚安，睡吧!"

我发现他很擅长结束我所有的质问，用这种霸道无理的方式。

那一晚，父母终于想起了我，开始审问我，为什么逃跑，为什么一声不响的离开。

我说："我只是想去看看城市是什么样子。"

他们又问我："跟谁去的。"

"一个人。"

父亲没有再说话，沉默良久，说："我们村有一个推荐上大学的名额，你大伯给你报名了，等你伤好了，就去上大学。毕业之后就能回来在乡政府上班，以后一辈子吃穿不愁。"

听到我上完大学还要再次回到这个小地方，对当时的我来说，简直比杀了我还要痛苦。

我对父亲说："我不念书了，我要去打工。"

父亲听见我说这样的话，瞬间火了："不念书，你要上天吗？打工，你想一辈子和我们一样辛苦吗？我供你上学，就是为了让你去打工？"

我看着父亲，心里难过，可是一想到，我这一生永远要困在这个小乡镇。我鼓起勇气回了一句："反正我不去，我不念了。"

母亲一直没有说话，只是在一旁抹眼泪。

我看着他们，心里默念着"对不起"，但是始终没有低头。

父亲无力地靠在炕角，长叹了一口气说："那就去复读，再念一年。"

"我不去，我不上学了。"我再次说。

"你不上学，你干啥？你要走，你现在就走！滚，现在就滚！"

那是我第一次看见父亲发脾气，那也是他第一次这样跟我说话。

我转身跑了出来，跑进了自己房子，关上门，躺在床上。

从那天之后，他们一直防备着我，不知道是怕我再次跑了，还是怕我死了。总之，父母小心翼翼地看着我，我的任何举动都在他们掌控之中。

当然，他们也知道了王鹤允的存在，他们把所有的错都怪在王鹤允的头上，认为我是因为王鹤允才鬼迷心窍不上学了。事实上，王鹤允一直在跟我说："丫头，去上大学，好好念书。"

这些他们全然不顾，没收了我的手机，逼着我回学校复习。

他们的压迫，让我产生了强烈的逆反心理，我开始绝食。

一直到第四天，父亲站在门外，无力地跟我说了一句："你不后悔就好，去吃饭吧！不上就不上了。"

后来很多年，我都一直在想，若是那一年，我去上学了，那么我的人生会不会是另外一个样子。

而我却不知道，这个决定让我遗憾了一辈子。

我常常想，世界上的事情，或许就是这样，人失去一些东西，就会得到另外一些东西。

若是那年，我去上学了，那么我和王鹤允还有以后吗？

我决定不上学之后，一直待在家里，父母并没有把手机还给我。

我只能在父亲不在的时候，用他的手机偷偷打电话给他。再次听见他声音，听见他喊我："丫头。"

那声音里少了以前的疏远，而多了一丝温柔，我第一次听见他说："吴启，你离开之后，我很想你。"

"你伤好了，来找我，我们一直在一起。"

"我们会在一起很久，很久。"

对的，我们恋爱了。

在八月，我们很久无法联系，一有机会我们就会煲电话粥。在家里养伤的那些日子，为他写情书，成了我最大的消遣。

时间过得很快，八月很快就过去了。九月就那样悄然而至，门前的落叶开始随着秋风飘落。蝉鸣的声音越来越少，世界更静下来，静得我都能听见自己的呼吸声。

同学们都陆续去上学了,只有我躺在家里,什么也干不了。

收到卡卡和仲夏离开这里去上学的消息那天,我的心中突然生出一种失落感。

那种失落像是把我整个人都掏空了,后来我才知道那种感觉是茫然,是一种对不确定未来的恐惧。

在那百无聊赖的日子里,我开始写文章,用左手,字竟然比之前好了不少。我学会了用左手吃饭,左手写字,左手干任何事情。

我故事里的姑娘代替我去流浪了,去了很多城市,遇见了很多她爱的人,爱她的人,而她却始终无法停下来,一直到在一次旅途的意外中死去。

这样悲情的故事,让我情绪也低沉极了。

雨季来了,天总是阴沉沉的,有时会长久地下雨。看不见蓝天的日子,我只能趴在桌子上看书。一日又一日地重复前一天的生活,整个人像发霉了一样,心情也如这天气一样阴沉。

就在这时,我收到一个消息,十月哥哥会从上海回来,带我去上海。

这对我来说,无疑是一个好消息。我终于可以离开了,终于可以结束这枯燥而无味的生活了!

拆掉钢钉和石膏的右臂弯曲着,垂在我的身体上,难看极了。

我看着我的右臂突然就哭了:"我的胳膊废了。"大声喊道。父母在一旁也一脸担忧地看着。

医生连忙说:"没事的,活动活动就好了。"

在此后的一个月里,我一直与右臂做着斗争,忍受着疼痛和各种不适,直到它完全舒展。

在我准备离开家的前夕,我告诉了王鹤允这个消息。

很久之后我收到他的消息:"你不来西安,我们就这样结束吧！"

看到这条莫名其妙的短信，有苦说不出，王鹤允过于霸道，他总是如此，从不考虑我的感受。

自从我手臂受伤之后，家里人就告诉我说，不许去西安，那个地方对我不好。

无论我用何种理由，父母始终坚持，要么跟你哥哥去上海，要么在家待着，总之不能去西安。

看着为我劳心劳神的父母，我选择了妥协。不上学的事情，已经伤害过他们一次，我不能再如此任性，让他们为我操心。

我知道他们的想法，怕我被王鹤允骗了，怕我年龄太小，一个人在西安无人照顾，不安全，他们终究都是为了我好。

那天之后，王鹤允一直没有打电话给我。我试着忘记他，忘不了，便任由思念疯长。

十月的某天，我在上海的外滩，再次接到他的电话，我坐在江边，听见他说："你果真是个自私、冷漠的女人。"

7. 他说我带你走

黄浦江上邮轮从我眼前驶过，对面教堂里的钟声，悠远而绵长。

我听见王鹤允跟我说："你打算就这样消失？"

我说："不是你说分开的吗？"

他说："我早看出来，你就是这种女人。你到底有没有心，我们的感情你说扔就扔。"他语无伦次地指控着我。

悲伤在我的心底蔓延，我很想说："我很想你。"可是脱口而出的竟然是一句："你说得对。"

这句话刚一出，那边便传来嘟嘟声。

他的声音消失在我的世界里，眼泪模糊了双眼，脑海中出现了他的样子，他一本正经地跟我说："别抽烟，要快乐，要学会和人交流。"

我在想念他，也在试图忘记他。我们还会有未来吗？我不知道，这让我更加难过。

身边偶尔有三三两两的人经过，也有肤色不同，黄头发的外国人经过。这座城市比西安更加繁华、更加美丽迷人。而我却对它毫无感觉，像是把心丢在那座千年古城一样，只剩下一副躯壳在这里生活。

我又一次开始抽烟，这一次是因为孤独，想要用什么东西驱除孤独。再后来上了瘾，就像对王鹤允那个男人一样，想要忘记，却再也忘不掉了。

我坐在江边，仰起头，让眼泪尽量不掉下来。我看见了蓝天，它依旧那般自由，像看透世界的神一样，俯瞰着人世间的悲欢离合。

我盯着手机，期待能有关于他的只言片语，可是手机始终静默。我终究没有忍住，看着他的电话，按了下去。

那边片刻安静之后，我听见他说："吴启，你想我吗？"

我低声回他："你说得对，我可能不适合你。"

他突然说了一句："吴启，我爱你。"

那是他第一次跟我真正意义上的表白，那一句我爱你，摧毁了我所有的伪装。

我在电话这头，开始哭泣，直到最后号啕大哭。他在电话那头一直在说话，说我离开之后，他再也无法平静地生活，说在没有我消息的这些天，一直备受煎熬。

他说的最后一句话是："你相信一见钟情吗？我信。自从遇见你之后，我做了很多愚蠢而没有缘由的事情。你离开之后，我才知道，那是因为我想和你在一起。"

听到他说这些，所有的委屈和悲伤，都跟着海风飘散，消失不见。在他的诉说中，心中的所有不快乐被一种叫幸福的东西代替。

我跟他讲了我的境遇，父母的反对，我的煎熬。

他说："丫头，我知道了，我会等你，等你回来。"

我说："好。"

我们就这样重新恋爱了，而且是异地恋。

跟我哥哥来到上海之后，我被安排进了一家餐厅做服务生。早晨十点上班，晚上十一点下班。餐厅的工作无聊而乏味，而我与所有的一切都格格不入。

一个人上班，一个人下班，哥哥离我很远，几个星期也见不了一面。

我在这里孤独地生活着，夜里躺在宿舍里看书，趴在床上写日记，写对于王鹤允的想念，写这毫无希望的生活，写这座冰冷而繁华的城市。

偶尔也会收到一些小男生的表白，他们简单粗暴地询问我的意见。这一切都让我觉得无趣，每天晚上，王鹤允都会打电话过来。

每一次他都会说："丫头，你快回来吧！我一直在等你。"

有时我会带着上海口音跟他说话，他总是莫名地跟我发脾气。

他说："你越来越像一个上海女人，你是不是不想回来了？"

任凭我如何解释，他都不听，然后挂了电话。

我们会好几天不联系，直到他再次打电话过来，再次和好。我们就这样相互折磨，又无法分开。

休假的时候，我一个人乘坐公交车，靠着窗边，看着外面的世界。从起点坐到终点，又从终点到另一个终点，打发这无聊的时光。

有时我会把写的故事发在空间里，有很多人在下面评论。那是一群和我一样爱好文字而又孤独的孩子。在无聊的时光里，我和他们一起聊天，一起讨论活着的意义，讨论人生。

而在现实的生活，我却说不出一句话，甚至不会与人交流。

我偶尔会收到卡卡和仲夏的消息，我们的联系逐渐变少，即使联系也是说几句无关紧要的话，她们忙着上课，忙着恋爱。

我们曾经以为我们会在一起很久很久，一直到老去。没想到我们就这样分开了，而且很快就疏远了。

我开始思考，这世界是否有真情，有永远。

关于王鹤允的记忆也越来越少，到后来甚至想不起他的样子，像是爱着一个自己幻想出来的男人。

他说："吴启，你要走进这个世界，你好像一直活在世界之外。"

我无法回答，有时候，连他的电话也懒得接。

生活就那样重复着，很快几个月过去了。马上就要过年了，我已经来上海三个月了，我依旧没有学会如何在这里生活。

哥哥说："马上过年了，我们该回家了。"

我跟着哥哥再次回到了家乡，这里什么都没变，跟我记忆中一模一样，荒凉寒冷。

我裹着厚厚的羽绒服坐在炕角，妈妈忙着给我们做各种各样好吃的食物。我在想，我会不会以后变成母亲那样，丧失对世界所有的希望，就这样在锅台上转一辈子。

未来在我心中，变得很远很远。

在我回家的第十天，有人上门说亲。我听见父亲说："也好，可以见个面，不念书了，是该成家了。"

再后来几天，更多的人上门说亲。家里变得热闹极了，我看着这个架势，害怕极了。

那天，我给王鹤允说："家里给我说亲了，他们让我结婚。"

王鹤允沉默很久说："吴启，等我，我带你走。"

那是我第二次逃亡，策划了很久。

我开始不断地相亲，应付着眼前的男人。一直到正月初七，我收到王鹤允的电话。

他说："吴启，八号，我在上次的车站等你。"

我说："好。"

那一天距我们上次见面已经过去半年了。我一夜无眠，一直到天微亮。我起床，把那双绣花鞋和洗漱用品放进了背包，悄悄溜出了大门。

当父亲看到我的信时，我已经跟着王鹤允，乘着去西安的车子离开了。

那天我告诉父亲，我想要不一样的人生，我不要结婚生子，辛苦一生的生活。

他们到底还是爱我的，对我的逃离，选择了原谅。

我收到哥哥打来的电话，他说："爸爸这边我会给开导，你照顾好自己，没钱了给我打电话。"

我挂了电话，有些难过，一直在抗争，却从不知道在抗争什么！转过头，看见坐在身边的男子，却感觉陌生极了。

他变了，比之前更瘦弱了，脸上长满了青春痘，完全不是我想象中的样子。

我竟然委屈地哭了，而他在一旁安慰我说："丫头，我会照顾好你的，相信我。"

8. 要么不爱，要么一生一世

年少时做很多决定，肆意妄为，从不在意别人，包括那些真心爱我们的人。

我并不知道，我离开之后，父母帮我背负了所有的流言蜚语。关于我离开的消息，很快村子里很多人都知道了，这件事成了大家茶余饭后的谈资。

我做了一件大逆不道的事情，让父母蒙羞。很多人总是旁敲侧击地打听关于我的事情，渴望父母可以做出他们想象中的抉择。

比如和我断绝关系，抑或者是把我绑回来找个人很快嫁了。

可是父母却没有任何回应，只是淡淡地说："去打工了，不上学了。她不想嫁人，就随她了。"

这让那一群看客，觉得无趣极了。甚至试图告诉父母，我的行径天理不容、大逆不道，他们不应该任由我胡作非为。

爸爸说："她是我的闺女，我知道她是什么样。"妈妈说："孩子长大了，我管不了，由她吧！"

他们巧妙地维护着我的尊严，也有力地回击着那一群想要看热闹的人。

看到这样的结局，他们渐渐失去了对这件事情的热情。过了没多久，大家已经不再会记得关于我的故事，父母的生活才再次获得了平静。

我跟着王鹤允再次来到了西安，开始了新的生活。

在我离开的第二天，爸爸打电话给我。我听见他长长地叹了一口气说："一个人在外面照顾好自己，有什么事打电话回家。你哥昨天往你银行卡上打了两千块，缺钱就说话。"

听见爸爸的关心，我惭愧极了。只能低声说："爸，我知道了，你放心。"

一旁的妈妈说："孩子，女孩子在外面注意安全。注意安全，保护好自己。"她就那样重复了很多次。

我拿着电话，听着来自远方的牵挂，说了一句："爸、妈，对不起。"电话那边短暂的沉默之后，传来嘟嘟声。

后来哥哥说："那天父母都哭了，那是我这么大，第一次见父亲哭，你真不是省油的灯，让爸妈为你操了多少心。"

我无力反驳，我知道父母为我操碎了心。可是如果重新来过，我依旧会这般选择。

有时，我在想，什么样的路才是正确的。好像从来没有答案，只有走了才知道。

来到西安之后，王鹤允为我重新安排了住处，是一座单身公寓。楼道里有灯，干净整洁。防盗门，房间白色的墙很干净，带着一个几平方米的卫生间，房间里放着一张单人床，一张书桌，一把黑色的带靠背的椅子。对着门是窗户，挂着画着小熊的粉色窗帘。有一缕阳光从窗户里洒进来，让房间有了一丝温度，靠着窗户的角落里放着扫把和拖把。

房间不大，只有三十平方米左右，但是温暖而舒适。他似乎准备好了一切，在等我回来，这让我感动极了，甚至忘记了他那张长满青春痘的脸。

他拉着我进了房间问我说:"丫头,你先住在这里。你看可以吗?"

他温柔地看着我,我抬起头看见他的眼睛,他的眼睛里有光,那光照亮了我的心。

我说:"王鹤允,谢谢你。"

他说:"以后你就是我的女人,我照顾你是应该的。"

他那霸道的样子,和我初见他时完全不一样,让我甚至觉得他有精神分裂,变化怎能这般大。

后来他说:"装高冷好累啊!小妹妹。"

我才知道,原来这一切他早有预谋。

那天晚上,他带我去大雁塔看喷泉,我穿着那件在上海买的豹纹棉衣、高筒靴子,扎起了马尾,素颜。

我们再次走在那条他曾经送我回家的路上,他紧握着我的手,我跟在他的后面。看着这座城市,看着夜晚的灯光和人群。他在那家为我买过冰激凌的店里,为我买了一杯热奶茶。

关于初遇他的情形再次涌上心头,我问他:"你还在雍布拉康吗?"

他说:"你走了之后,我也离开了。在店里我总能看见你站在门口与世隔绝的样子。"

"栀子花,现在应该败了吧!"

他说:"我带你去看。"

我们再次站在雍布拉康的门口,那家曾经热闹的店大门紧闭。只有门口的玛尼轮孤独地站在院子里。

"关门了?"我问他。

他说:"我也许久没来了,可能它的存在,就是为了让我遇见你。"

我哈哈大笑。"允哥哥，你变了，变得脸皮真厚。"

他突然停下脚步，转过来问我："你喊我什么？再喊一次。"

"允哥哥。"

我看见他脸上的笑容突然展开，然后我就被他拥入怀抱。我听见他在我耳边说："以后，你就这样叫我，一辈子。"

以至于后来，儿子总是打趣我说："妈妈，妈妈，你家允哥哥，为啥还没回来？"

"妈妈，妈妈，你给你允哥哥说说，让他给我买酸奶。"

"小崽子，你在干什么，你这么打趣妈妈好吗？"

儿子边跑边说："允哥哥。"哈哈笑个不停。

王鹤允刚一进门，儿子就扑进他的怀抱，奶声奶气地告状："妈妈，要打我。"

王鹤允抱着儿子亲一口，问："你怎么惹我们家公主了。"

儿子看了一眼王鹤允，说："你们两个够了，我快要受不了了。"

只是那时候，我们并不能预见未来，只知道遇见了，便不想再放手。

他的身体很暖，我闻见他身上淡淡的香烟味，愣在原地，双手不知所措。脑子里出现了电视剧里的情形，他会不会亲我，我要闭着眼睛，还是睁着眼睛。我要推开他吗？他想干什么？一连串的问号，出现在我的脑海中。

事实证明，我想多了，这个男人在拥抱了我之后，什么也没干。继续拉着我前行，我们看见了远处的大雁塔。

他问我："你睡在大雁塔广场上，害怕吗？"

我说："不害怕。"

他说："若是没有遇见我，出现其他男人，你也会跟着他们走吗？"

我说："不知道。"

他说："若是没有遇见我，你要一直睡在广场上吗?"

我说："或许我已经去了墨脱，一个遥远的地方。"

他说："睡在广场上，啥感觉?"

我说："很自由，只是早晨太冷。"

他说："你以后会像逃离家乡一样，逃离我吗?"

我说："不知道。"

他再没有说话，只是紧紧地握着我的手，走进了大雁塔北广场。

"这里的喷泉很壮观，你看过吗?"

"没有。"

"那我陪你看。"

"好的。"

我们刚走进广场，音乐就响起了，喷泉跟着音乐此起彼伏。他站在我的身后，用手臂环绕着我的身体。我靠着他，很安心。

回家的路上，他说："吴启，答应我，以后不要离开我。"

我说："王鹤允，你觉得我们可以爱一个人多久?"

他说："要么不爱，要么一生一世。"

我终于明白他为何屡屡拒绝我，我能给他一生一世吗? 他不确定，我也不确定。

9. 我什么时候可以娶你？

我一直在想后来的安定是因为他的爱，还是因为什么？总之遇见他之后，我一直在变，变成了我喜欢的样子，变成了很多人喜欢的样子。

那一晚，他送我回到房间，在我额头落下一个吻，然后回了学校。

我听见他在我耳边说："丫头，快快长大。"

之后的很多天，我一直在找工作，每一个工作，都不能长久。这让我大大受挫，烟瘾更重。他总是语重心长地跟我说，"你要学会适应社会，而不是让社会适应你。""你要放下你的个性。""你要学会与人交流。"

这些曾经让我感动的言语，此刻再次听起来，竟是那般刺耳。无论他当时出于关心，还是渴望帮助我。听在我的耳里，都是对我的否定，都是在抱怨我的无能。

在我来到这座城市的第十天，我们有了第一次争吵。

所有的美好，被这种争吵淹没，两个人互不让步，相互对抗着。

他说："你这样一辈子都找不到工作。我跟你讲过多少次了，你要学会笑。"

我沉默。

他继续说:"你看看你的样子,大耳环,烟熏妆,一副要死的样子。活脱脱一个不良少女。你觉得谁敢要你?"

我继续沉默。

他在我面前转来转去,而后又说了一句:"我觉得你只能去给人当服务员,你没学历,没经验,没背景,你觉得你能干吗!"

我终于爆发了,看着他一字一句地说,"王鹤允,你赶紧给我滚,老子不用你管,我找不到工作,与你有屁关系。滚,滚,滚。"

他不可置信地看着我说:"神经病。"然后摔门而去。

"我就是神经病,要你管,滚。"

我冲着他离开的背影大吼。

那天之后,我们很久没有联系,我白天出去找工作,晚上回家,在书摊上淘书,抱回家看。在日记本上写下那绝望而悲伤的故事,在网络上与那一群朋友,骂着这世界。

一直到一个月之后,我依旧没有找到工作。

银行卡里的钱一天天变少,家里总是打电话过来询问我的情况。我总说:"一切都好。"

在这里的生活和在上海的生活无异,一样孤独无聊。

而我和王鹤允的故事像是在这里结束了一样,他再也没有出现,也没有只言片语。我也未曾联系他。骨子里的自卑被他的言语放大,对我们的未来毫无信心。

找到工作那天,已经是我来这个城市的第二个月,我身上的钱交了三个月房租之后,已经所剩无几,我必须上班了。

那天,我试着卸掉了最爱的大耳环,换上一套很淑女的裙子,套上大衣,只抹了口红,对着镜子练习了很久微笑,才出了门。

为了能够活下去,我找到了一家网吧收银的工作。晚上上班,正好可以打发那无聊的时光,白天在家睡一整天。

很奇怪，我很快就适应了这里的环境，店里的老板和一起上班的同事对我都很好。这让我的心情好了不少，而且我可以免费上网。

我学会了打游戏，在电脑上写文章。

沉溺在夜的黑暗里，沉溺在网络的热闹之中，忘记了所有的孤独，也忘记了自己要去哪里。

四月的西安，渐渐暖和起来了！整个世界都好像跟着花儿开放一样变得热闹起来了，而我的生活看起来毫无希望。茫然和对未来的恐惧，让我整个人更加萎靡。

我又一次一遍一遍地看安妮的书，再次决心离开这座城市，前往墨脱。

而就在我打算离开的前夕，我收到了王鹤允的电话。

晚上12点，他开头第一句是："吴启，你在哪里？为什么不在房间？"

我说："你管我。"

他焦急地问："你要胡闹到什么时候，这么晚你在哪里？"

我说："王鹤允，你不是说要一生一世的爱情吗？你这样消失两个月，把我扔在这里。这就是你的一生一世，骗子，大骗子。"

他说："吴启，我知道你难过，你赶紧回来，别乱跑，我很担心你。"

他还是那般自以为是，霸道无理。

这让我很不适，我说："我这样一无是处的人，配不上你，也不需要你的关心。"

他突然不说话了，过了良久，电话那边传来一句："我试图忘记你，我试图用各种理由说服自己，说我们不合适，可是我做不到。"

他用这样的故事再次骗了我，我在他的霸道中选择了妥协。

"我在上班，你先回去，明天再说。"

他说："地址，我去找你。"

挂了电话不久，王鹤允出现在网吧门口，他看着我说："丫头。"

坐在我旁边的男孩看着我问，"吴启，这货是谁啊？"

我瞪了他一眼，他无趣地走开了。

王鹤允站在我面前，脸色铁青地说了一句："这么快，就找到下家。"

我看着他吃醋的样子来了兴趣。

"是啊！你以为我没人要吗？"

他说："吴启，你想死吗？"

看着他吃瘪的样子，我的心情好极了。

他看见我笑，好像更加生气了。

继续道："你真的是个没心没肺的女人。"

我点了一根烟看着他问："你就想跟我说这个。"

他说："不要抽烟。"

我没理。

他继续重复着那句："不要抽烟。"

无奈，我只能扔掉。

他这才满意地笑笑："这才乖，小丫头。"

我们再次和好。那一晚，他一直在网吧待到天明，直到我下班。

我们一起走在清晨的街道上，他紧握着我的手，看着我笑笑不说话。

我问他："你傻笑什么？"

他说："我在想什么时候可以娶你。"

"谁要嫁给你啊！你想得美。"

他说："你会嫁给我，快快长大哦。"

我很快就迷失在他的甜言蜜语里，忘记了我们的争吵，也忘记了他突然消失之后的绝望。

那天上午，我们什么也没做，一直在聊天，像朋友一样敞开心扉。长大以后，我已经很久没有这样跟人谈论自己，谈论生活，谈论未来。

那天我们对我们的未来做了规划。为我们的感情定下了协议。

第一，不许说分手，如果说了，就真的分开；第二，不许无故消失，如果消失，绝不原谅，从此陌路；第三，吵架必须在一天之内和好，如果没有和好，视为分手，从此陌路。在后来的很多年里，我们一直遵守着这样的规则，以至于后来，我们怎么争吵，都不会说出分手这样的话。

10. 丫头，我可以亲你吗？

在遇见王鹤允之前，我喜欢过很多男生，但是未曾谈过恋爱。年少时的心动大多藏在心底，悄悄仰望，从不奢望未来。

在遇见王鹤允之后，我第一次想到未来，想到相守，想到安定。

王鹤允说："跟你在一起，太有风险，我总是在担心你会突然消失不见。"

而我同样无法给他确定的答案。

那时候，他总是给我唱那首刀郎的《西海情歌》。其中有一句，我到现在还记得。

还记得你答应过我不会让我把你找不见

可你跟随那南归的候鸟飞得那么远

爱像风筝断了线

拉不住你许下的诺言……

他的歌声带着心疼和悲伤。即使我一直在说："我不会离开你，你应该相信我。"

他总会笑着说："我只是觉得这个歌适合你而已。"

可是我知道，这就是他想对我说的话。

有时，我给他看我写的故事，他总是说："你写那些东西有什么意义，无病呻吟。"

他对我的批评总是如此直接，从不在意我是否接受，我们在一起，也并没有想象中那般幸福，总是因为各种各样的事情，发生争吵。

这样的感情让我们彼此都身心疲惫，我不知道他想要我怎样。

他总说："你这样不对，你要走进生活，而不是站在生活之外。"

这句话，他几乎每一天都会跟我说，他试着带我跟他们同学一起聚餐，把我介绍给他身边的每一个人。

而我却始终厌倦这样的行为，每一次聚餐，我都是在一旁坐着，看着他们谈天说地，看着他们嬉戏打闹，任凭我如何努力都无法融入。

每一次聚餐回来，他总是说我："你真的就连说话都学不会吗？"

这让我很痛苦，我很想告诉他，你要是觉得累，就走啊！

可是我却不敢说，我怕他真的离开，我讨厌极了孤独，讨厌极了一个人生活。就这样争吵，就算痛苦，也比孤独好一点。

或许他说得对，我有病，什么病，我不知道。确确实实是病了，不知道怎样活着，不知道怎样走进世界。

后来我开始退出他的圈子，他的聚会，我再也没有去过。

每天就是晚上上班，白天在家睡觉。醒来去附近的村子里转悠，站在八里村口的立交桥上打量这个世界，看车来车往，看高楼大厦，看匆忙的人群，甚至坐在一旁观察乞丐工作，试图与他们交流。

这样的状态一直持续到六月。

王鹤允毕业了，他大学毕业了，开始紧张地找工作。

而我厌倦了在网吧的工作，决心辞职。我们的生活，陷入到窘迫之中，只剩下刚发的一千块钱工资。

　　他从学校搬出来，在我隔壁租了一间房子，与我相邻。我们开始了朝夕相伴的生活，白天去找工作，晚上一起在房间煮挂面。

　　他再也无法像救世主一样，解决我们生活上的任何问题。我们的日子变得拮据，两个人异常焦虑。

　　他的工作迟迟没有落实，而我也辞掉了原来的工作，再这样下去，我们都要睡大马路上了。

　　所有的感情放在生活里，都会出现各种各样的问题。

　　他比我更差劲，高不成低不就，找了很多工作，干不过两三天，就不干了。

　　我们坐在房间里自嘲："我们简直是天生一对，这样下去，我们两个都要饿死了。"

　　每次回家总是看见他坐在地上喝酒，他变得比我还要颓废。

　　我发的那一千块钱，很快就只剩下两百块了。

　　那些日子，我们几乎天天吃馍馍榨菜，天天吃榨菜挂面，到最后一看见榨菜就开始反胃。

　　他再也不会给我讲道理，也不会跟我讲如何融入这个世界，而是长久的沉默，或者去网吧打一整天的游戏。

　　我开始每天出入人才市场，开始在街边一家一家的去寻找适合我的工作。

　　就那样，我找到了人生第一份销售工作，在一家男装店卖衣服。一个月八百块再加提成。

　　我开始试着和人交流，试着对人微笑，试着热情饱满地去工作，因为我要在这个城市存活下去。

　　事实证明，没有什么事情是你做不到的，只是没有把你逼入绝境。

很奇怪，这个需要不断说话的工作，竟然非常适合我，在第一个月，我的业绩超越了店里的所有人，成为第一。

我拿到了工作以来最高的一次工资，1500块。那天回家，我把钱拿给王鹤允看，我说："你看我们有很多钱。"

他抱着我说："丫头，你很能干，辛苦你了。"

那是我们第一次一起下馆子，在路边一家川菜馆，花了一百多块钱。

他喝了很多酒，说了很多话。我只记得一句，他说："吴启，我要是找不到工作，你会离开我吗？"

他一直问，一直问。

到后来他喝到吐了，我把他扶回房间，我的房间。

他躺在床上，依然念叨着这一句话。

我握着他的手，看着他，好像看到了我们的未来，他就那样躺在我的身边。我俯身在他的耳边说了一句："允哥哥，我养你啊！"

他笑了，又哭了，有一滴泪顺着眼角滑落，接着听见他的鼾声，他睡了。

我帮他脱掉了鞋子，盖好被子，隔着衣服静静地躺在他的身边。

那是我们第一次同床共枕，也是我们第一次这么近距离接触。就在那天，我才发现，我们恋爱这么久，除了拉手什么也没做，就连接吻也没有。

我悄悄拿出手机，在群里问："恋爱半年，相敬如宾，除了拉手，什么也没干正常吗？"

下面很多回复："要么不爱，要么有隐疾。"

接着是一大群人的附和。

隐疾，我转过去看着王鹤允，他不会真的有隐疾吧！

七月的西安很热，我突然想起，我们竟然已经认识一年了，这时间真的是过得很快。

我转过身背对他，在胡思乱想中入睡了。

不知过了多久，我感受到，有人动我的脸，睁开眼睛看见王鹤允，他的手放在我的脸上，他的脸离我很近。

我能听见他的呼吸声，能看见他嘴角的绒毛。他的青春痘已经完全消失了，一张消瘦惨白的脸，一双发着光的眼睛，那张性感的唇，在跟前，像是要把我吃掉。

我一动不动地看着他，他亦看着我，良久他问我："丫头，我想亲你。"

还不等我回答，他的唇已经落下，动作温柔。

我睁着眼睛看着他，不知道要干什么，脑子瞬间一片空白。

还未等我感受到亲吻是什么感觉的时候，我就听见了他的笑声，"你那么紧张做什么，你还想干什么，小丫头，起床上班了。"

他起身坐在床边，我从床上跳下去，不敢回头看他一眼。我能感受到他在一边偷笑，一边打量着我。

在我收拾好出门的时候，我听见他说："以后，你就是我的了，小丫头。"

我看也没看他一眼，就跑下楼，心情出奇得好。阳光照在身上暖暖的，好像一切突然间变得温柔了起来，心底不自觉地生出一丝希望。

11. 我们会在一起一辈子，对吗？

我们的生活，从那天之后变得稳定。

我每天晚上九点半下班，他总是在九点二十分左右，出现在我们店门口，站在路灯下，用手机看电子书，低着头，安静地等待。有时店里小伙伴会招呼他进店，他总会笑着婉言拒绝。

下班之后，我们会一起步行回家。店离住的地方不远，走路二十分钟就能到。

我们沿着街道走到尽头，左拐进入一条小巷子，再走十分钟就能到家。每一次都是他在前面走，我在后面跑。我跟不上他的时候，就会耍赖不走，他会停下来等我。

我不满地向他抱怨："走路需要那么快吗？"

他说："走路要专心。"他说话的时候，永远一本正经，看得我很想打他。

"走路为什么要专心？"

"你话真多。"

我便不说话，他又说："你怎么突然哑巴了，小丫头？"

我不满地看着他说："不是你嫌我话多吗？"

他无奈地看着我："你呀，毛病真多，我真是怕了你。"

二十分钟的路程，我们总是能走上一个多小时。在回家的路上，有很多供路人休息的长椅，累了，我们就会坐在路边休息。

他会唱歌给我听，他最喜欢唱那首《西海情歌》。

我说："你能不能换个温情的歌？"刚说完，就听见他在我耳边轻柔地唱起这首《约定》：

还记得当天旅馆的门牌

还留住笑着离开的神态

当天整个城市那样轻快

沿路一起走半里长街

……

我跟着他的歌声，想起了第一次遇见他的样子，想起了那天他帮我洗头发的样子，想起他焦急站在我门口冲我喊的样子。

"王鹤允，我们会在一起一辈子对吗？"

"对，一辈子。"

"我们会结婚吗？"我转过头问他。

"应该会。"

"你说，我们结婚之后，是什么样子。"

"应该会有一个小孩。"

"那时候，应该很幸福。"

"我们会幸福的。"从那天开始，我心里那颗流浪的种子，渐渐消失。去开始憧憬另一种生活，干净明亮的家，爱人，孩子围绕在身边。

一周之后，王鹤允找到了工作，在一家做建材的厂家，做建材销售。

我们都开始上班之后，生活有了很大的改善，两个人的工资加起来，好几千块钱。解决了温饱问题，对于当时的我们来说无疑是最好的消息。

我们终于不用在家里吃挂面了。每天下班之后，就会跑出去，在附近的村子里寻找美食，成了我们生活里最大的乐趣。

他说："我的梦想就是吃遍天下美食。"

我看着他啃着鸡腿满足的样子，嘲笑他说："你看你那点出息。"

他说："这就是我的幸福。"

我不知道别人是怎么谈恋爱的，总之我们的生活平淡如水。

王鹤允说："生活的本质就是平淡。"

我说："生活的本质，应该是不断尝试新的生活。"

我们就那样经常在一起讨论一些稀奇古怪的问题，意见不统一的时候，我就会打他，他假装投降，趁机亲我。我们之间的关系，慢慢在变，而我也慢慢在变。

某天早晨起床，我看见镜子里的自己，她在笑，笑得很好看。

某天下班之后，我约了同事一起逛街，跟着她们一起打闹，嬉戏。

某天夜里，有人跟我留言说："你最近文风变了好多，你的文字里有了希望。"

我变了，用他的话来说："你变得有了烟火气，像个人了。"

他依旧会在我下班之前，在我店门口接我，站在路灯下，影子被拉得老长。同事都说："你男朋友真好。"她们脸上写着羡慕，这让我得意极了。已经是冬天了，我们都换上了厚厚的羽绒服。等我从店里出来，他会帮我戴好围巾、帽子、手套，然后握着我的一只手，放进他的口袋。直到我被他包成一只大熊的样子，他才满意。

回家的路上我说："允哥哥，刚才店里小伙伴，羡慕我有你这么好的男朋友。"

他毫不客气地说："你以为呢，我都羡慕你有这么好的男朋友。"

我看着他脸上的笑意，心里暖洋洋的。

"允哥哥，你说为什么有人脸皮比城墙还厚？"

他看了我一眼说："你是不是想挨打？"

我们就那样肩并肩，手拉手向家走去。

后来曾经有人问过我："你为什么选择他？"

我说："他对我很好。"

他问："他怎么对你好？"

我却一点都想不起来，只记得，他不记得我们所有的纪念日，甚至我的生日。他从没有送过我礼物，也不懂浪漫，没有情调，可是我就是觉得他对我好。

那个人看着我愣了半天，说："好吧！"

现在想来，应该是他用心陪伴我的每一天，相信我，让着我，改变我，直到我学会生活。

很多人都说："现在的你，和以前完全是两个人，一点都不一样。"

我说："人会不断成长，也会不断变化。"

他说："这样的你，才是你该有的样子。"

我常常会想，要是我没有遇见王鹤允，我的生活会是什么样子。可是人生没有如果，所有的一切好像早有安排，你会遇见谁，你会过什么样的生活。元旦的时候，迎来了第一场雪，早晨起来，厚厚的雪覆盖了整个世界。我听见王鹤允在我门口喊："丫头，下雪了，要不要出去玩？"

我打开门放他进来，他手里提着包子豆浆。

"赶紧吃，吃完，我带你去玩。"

我站在镜子面前，一边化妆一边说："可能去不了，要上班。"

他站起来，走在我的身边，伸出手抱着我说："打电话请假，你就说，肚子疼，要去医院。"

我在镜子里看见了他的脸，他的脸很瘦，浓眉大眼，棱角分明，深情而温柔地站在我身后，头放在我的肩膀上。我转过头看他，他又趁机亲我。

我无奈地说："你确定这样好吗？"

他说："挺好的啊，一天不去没事的，况且今天元旦，我要一整天和你在一起。"那时候，我并不知道他说的一整天，竟然还包括夜晚。

在他的温柔乡里，我放弃了所有的原则，让他给店里打了电话。

我看着他像模像样地说："我是吴启的男朋友，吴启肚子疼，我送她去医院。"

我不知道店长说了什么，他只告诉我："你们店长说让我好好陪你。"

我："……"

他盯着我的样子像是狼见了羊一样，吓得我赶紧转过身去吃早餐。

"吴启，我们一会儿去看雪。"

"好。"

"吴启，我们认识竟然都一年半了。"

"是啊！"

"我等你长大，等了好久了。"

我当时并不明白他的意思，只是说："我早长大了。"

他笑呵呵地说："这可是你说的哦！"那雪下了一整天，我们在大雁塔广场上堆雪人，打雪仗，跟我们一起的还有他的朋友们。那样的时光现在想来也觉得美好，那天晚上，我们一群人在一起吃饭。

我坐在旁边看着他和朋友吹牛，聊天，开玩笑。第一次觉得有趣，第一次觉得快乐。有人给我倒酒，他总是接过一饮而尽，然后说："你们嫂子不会喝酒，她只会喝饮料。"他就那样护着我，护了很多年。

一直到现在，我从未喝过酒，就连红酒也只有一杯的量。

他说："保护媳妇，是我的责任。"

"谁要你保护？"

"不让我保护，你让谁保护，你说。"

看着他认真的样子，我赶紧地说："只让你保护，你是奥特曼。"他这才满意地笑了。

那天回家的时候，已经十二点了。我扶着他，他靠在我的身上，雪落在我们的身上。我们深一脚浅一脚地向家走去。

到了家门口，我带他去他的房间，他一直说："走错了。"

我说："没错。"

"错了。"

"哪里错了？"

他扶着墙，站在我的房间门口："丫头，是这里。"我被他弄得哭笑不得，只得把他扶进我的房间。

刚一进门，他像变了一个人似的，用一只手关上了门，身体便贴了上来。我被他控制在怀里，靠在门上。他看着我轻声说："丫头，你说，你早都长大了，对吗？"

我看着他，看着他霸道的样子，心跳加速，脸不受控制地红了。

他的一只手紧握着我的手腕，脸离我越来越近，他的唇落在我脸颊上，缓慢移动。我愣在原地，瞪大眼睛看着他，一动不动。

他突然停下所有的动作看着我说："丫头，你不想，就算了。"

看着他失望的样子，良久，我憋出一句："我不会。"

12. 女大不中留

当他听见那一句"我不会"的时候，脸上的表情精彩极了。

先是愣了一下，然后开始笑，笑得很温柔，笑得我不知所措。

我愣在原地，看着傻子一样的他，觉得莫名其妙。

我听见他说："丫头，以后我教你。"

"谁要你教，其实我会的。"我不甘示弱地看着他，心想总不能被他嘲笑了去。

"真的会，那示范一下。"

我看见他向我走近，吓得我赶紧溜了，爬上了床。

"很晚了，你该回了。"

"我不，你答应过，这一天，都陪我。"

他过来，脱掉鞋子，躺在我身边。任凭我如何推他，他都是赖在床上，丝毫没有让步的意思。

我想起妈妈说的那句："女孩要保护好自己。"更加坚定了要赶他走的决心，别看他瘦弱，力气却是大得惊人。

他看我闹，不说话，只是笑。

外面的雪还未停，坐在床上，能看见窗户外面大雪纷飞的样子。房间里很冷，开了电热毯，也能感受到头顶凉飕飕的。他靠在我身边，感觉被窝暖和了不少。

他悄声说："丫头，你想啥呢！"被他这么一说，我反倒不好意思闹了，打在他身上的手，停了下来，正好放在他的胸口。

他看了看我，又看了看我的手说："我以为你是一只野狼，现在看来你就是一只绵羊。"

说完哈哈地笑了。

"睡吧，丫头，新年快乐。"

他脱掉了身上的羽绒服，又过来脱掉了我的羽绒服，拉着我钻进了被窝，用被子把我包得严严实实，固定在他的怀里，闭上了眼。

那天夜里醒来，我看着睡在我身边的男人，好像在哪里见过这样的情形，他的手紧握着我的手，头歪在一边，发出轻微的鼾声。房子很冷，我向他的怀里靠了靠，他好像感受到了似的，转了一个身，把我再次抱在怀里。

那天夜里，我做梦了，梦里我们结婚了。

他穿着西服，我穿着婚纱。他把戒指套在我的手上说："吴启，以后你就是我媳妇了。"

又梦见，在一个干净明亮的大房子里，一个小男孩冲着我喊妈妈。我用尽全力却看不清楚他的样子，只听见他不停地喊我妈妈。

我醒来的时候，王鹤允已经起床。他站在床头说："丫头，你再睡会儿，我去买早餐。"

后来无数个日子，他都曾说过同样的话，"媳妇，你再睡会儿，我去买早餐。""老婆，你和儿子再睡会儿，我去买早餐。"

和他在一起的日子，我真真切切地变了。我学会了笑，学会了生活，学会了爱这个世界，学会了不说脏话，学会了温柔，学会去和这个世界相处。

他说："这样的你，很好，很可爱。"

我问："那以前的我呢？"

他说："看着让人心疼，一点都不好。"

我想起小时候我在田野里奔跑的样子，不知道从何时起，我变得讨厌这个世界。

应该是在周围人的否定中，在他们一遍一遍地指责我不像一个女孩子开始；应该是在老师不相信我的进步是努力得来的；应该是在巨大的贫富差距之中。

我开始把自己放进自己的世界，与世隔绝，甚至拒绝所有的善意，充满戾气、偏执、叛逆、非主流。平头，球服，既然你说我没有女孩的样子，那么我就是了。

张扬，肆意，看起来不好惹，其实内心自卑极了，终于活成自己讨厌的样子。

我常常在想，若是没有王鹤允，那个拯救我的人会是谁？又或许，我就那样一直活着，一直到老，最后孤独地死去。

王鹤允说："我这辈子，最大的成就是，拯救了一个非主流少女，还把这个少女变成了女神，好骄傲。"

我说："你脸皮真厚。"

其实我心里一直在说："谢谢你。"

他说："要不是我慧眼识英雄，有先见之明，这么好的媳妇岂不是便宜了他人。"

"你还真是机灵，赚大了，用二百块钱骗了一个媳妇。"

他说："你知道那二百块钱，可是我一周的伙食费。为了你，我愣是吃了两周方便面。"

"你可是真能下血本，约会就带女娃吃面，天下可能只有你了。"

"有面吃不错了，面多好，能吃饱。"

对于他的各种谬论，我都懒得反驳了，总之我们都变了。

他变得幼稚、霸道、无理。很多时候，我都哄着他，我们的相处方式反了过来。

那年元旦过了，他跟我说："吴启，我告诉家里我谈对象了。他们说让我们明年结婚。"

"结婚，谁要和你结婚？"

"不和我结婚，你和谁结婚？"

那是我们第一次讨论结婚的事情。

那天他问我："你那时候为什么追我？"

我说："不知道为啥，看到你那天，我脑子里有人在说，那是老公。"

他哈哈地笑了，"真的假的？我当时以为这女孩脑子有毛病。"

"去你的，这叫一见钟情。"

"你呢，你不是誓死不从吗？"

"我那时候，看走眼了，我以为你身经百战，看着不像个贤妻良母。"

我一时语塞，竟回了一句："好像是哦，不对，你大爷的，那时候我才18，去哪里身经百战。"

我们就这样笑着、闹着，一起迎来春节。

那时候，我们的工资很少，生活很简单。每个月发了工资都会下馆子，在门口那家烧烤店撸串，在城中的川菜馆吃鱼，在自助火锅店吃到扶着墙出来。

那些看起来很傻、很天真的日子，成为了我们最珍贵的回忆。

冬天很冷，我们手拉手，心靠着心，数着我们的小幸福过日子。

那年春节，我回家了，他一个人在出租屋里过年。晚上十二点打电话过来，跟我说："吴启，我很想你，明年我们结婚吧！"

　　新的一年来临了，我们对未来充满希望和期待。我再次回到家里，为父亲花了千元买了一件大衣，为父母添置了棉衣，为侄子、嫂子带了礼物。没有再提过关于我的那场逃离，他们每个人对我都很好，一家人热热闹闹地过了年。

　　那时候，我已经长发飘飘，穿着黑色的大衣、高筒鞋子。见了人会热情地打招呼，人都说："老二家的假小子越来越出息了，高挑又漂亮。"

　　我才发现，当我对世界报以微笑的时候，世界也会回我微笑。

　　我走出了自己的世界之后，才发现外面的世界阳光灿烂，每个人都很温柔。

　　家里人都说："启儿长大了。"

　　很无奈的是，还未过初七，又有人上门说亲了。在我们家乡，不念书之后，就该嫁人了。

　　每天上门说亲的人不下五个，父母勤劳、踏实，在乡里口碑极好，这样清白人家的女子往往很受欢迎。

　　父亲却不像去年一样热情，总是客气而委婉地拒绝。我听见父亲说："娃还小，再过两年再说。"

　　媒人尽可能为父亲介绍着男方的家世，多么有钱，多好的工作，小伙多帅。父亲都不为所动，那些上门的人觉得无趣，便不再来了。

　　那晚父亲问我："你和谈的那个对象，现在咋样，合适的话，明年结婚，省的我为你操心。"

　　我才知道，原来父亲早知道了。那一次我逃离家乡之后，我想父亲应该很难过，所以他才会一切都为我着想。

　　我看着爸爸，看着他两鬓的白发，觉得难过。

　　那晚，我躺在爸爸身边，听他讲我小时候的故事，这个深爱我的男人，记得所有的过去。

那晚，他说："女大不中留，要嫁便嫁吧！"说完他下了炕，走了，回了自己的房间。

妈妈坐在一旁说："女孩结婚前，要自爱，保护好自己。"

我说："妈，我知道了。"

她说："时间真快，我家启儿都到了能嫁人的年纪了。"

这一年我20岁，我以为我三十岁都不会结婚。可是遇见王鹤允之后，我开始想结婚之后的生活，也开始渴望与他相守的生活。

13. 贵妇妈妈出现

热恋中的我，并未在家待很长时间，过了正月初八，我再次离开。

想起前两次的离开，都是逃离。这一次，我和家里每一个人告别，收拾好行囊，被父亲用摩托载到车站。

看见他们渐渐消失的身影，我觉得倒不如逃离来得潇洒。他们眼中的担忧不舍，让我也变得伤感，甚至有些难过。虽然知道还会再次回来，可是这样长久的分离，总归让人觉得难受。

皮箱里被母亲塞满了各种各样的好吃的，土特产。

他们不断地嘱咐我照顾好自己，哥哥把一千块塞进我的背包里。妈妈红着眼睛说："一个人在外面要照顾好自己，注意安全，多打电话回来。挣了钱，自己吃好。不要惦记家里，家里有你爸爸，不用你操心。"

我伸出手拥抱妈妈，她身体是那样的瘦弱，说话嗓门却很大，明明关心的话，她说出来，像是在吵架。

我说："妈，照顾好自己。我走了。"

父亲站在车站看着我上车，冲我用力地挥挥手。我刚一上车，他就转身离开，没有多余的话。

我在朝阳中看见他的背影，心里默念，"爸、妈，放心，我一定闯出个名堂，让你们过上好日子。"

离别的伤感，伴随着要见到王鹤允的喜悦渐渐变淡。

车子驶出了大山，驶进了城市，穿进了高楼大厦之中。

这一次没有了第一次来到这座城的喜悦和兴奋，心变得很安静。看着这座城市，想象着那未知的未来，心里多了一丝忧愁。

车站依旧人山人海，我拉着皮箱跟着人流前行，在人流的尽头，看见站在人群中的王鹤允。他冲着我招手，分开几日，再见到他，第一感觉不是兴奋，反而是陌生。

他倒是很开心，接着我的皮箱，拉着我的手，看着我说："小丫头，你看起来不开心。不想见到我吗？"

我说："车坐久了，有些累。"

他说："那我们赶紧回家吧，今天你好好休息。"

我说："好。"

我的情绪严重影响了他，一路上我们几乎没有说几句话。他坐在我的旁边，我看着外面的城市。几次他欲言又止，我假装没有看见。

不知道怎的心慌得要紧，不知道是对我们的感情，还是对未知的未来。

回到出租屋的时候，已经下午六点了。我躺在床上一动不动，他坐在床边看着我，说："你休息一会儿，我出去给你买晚餐。"

他回来的时候，我已经睡了。我隐约感觉他在床头坐了许久才离开。我并不知道，我怎么了，只是突然觉得很焦虑。

我醒来的时候，已经晚上十点了。桌子上的面，已经凉了。

不知道是因为早晨离别，还是再次见到王鹤允的陌生感，抑或是对于没有目标的未来的恐惧，总之就那样没有缘由的矫情起来。

房间里静悄悄的，我躺在黑暗里想今天自己的反常行为，更加烦躁，又觉得这样对王鹤允多少有些不好。

勉强起身，下了床，去敲他的门。

他看见我，很温柔地问我："睡醒了，赶紧进来，外面冷。"

我坐在他的床边背对着他说："对不起。"

他说："什么？"

我说："没什么，有些想你了。"

他没再追问，而是低声说："我也是。"

他的脸贴在我的长发上，小心翼翼问我："吴启，我们会结婚吗？你会离开我吗？"

我一时竟无法回答，就那样安静地坐着。那是我第一次想到离开他，不知道为什么突然会生出那样的念头。他的那一句，你会离开我吗？让我觉得很难过。

我转过身拥抱他，他把脸埋进我的长发里，低声说："你说过，我们会在一起很久，对吗？"

我说："是的。"

他说："我在你眼睛里看到，你又想逃跑。"

他双臂用力把我圈在怀里，唇落在我的脸颊上，动作轻柔和温柔。

他说："做我的女人好吗？"

我忘记了那一刻，我在想什么，只记得他身体的温度如一团火一样，像要把我融化，让我大脑一片空白。

身体有种被撕裂的疼痛，又伴随着放纵的快感，让人沉沦。

我听见他说："我等你长大很久了，我们结婚吧！"

我说："好。"

他说："我会永远爱你。"

我说："永远，这世上没有永远。"

他说："不信，你试试看。"

在我成为他女人的第二天，他告诉我说："我妈妈从新疆回来了，我们晚上一起吃饭。"

我看着他问："我们要结婚吗？"

他说："是的。"

我说："我才二十岁。"

他说："我已经二十四岁了。"

"我们结婚之后，会过什么样的生活？"

他说："和现在一样，不过，你再也无法逃跑了。"

我问他："你爱我吗？"

他说："不爱你，为什么要和你结婚？"

就这样，我跟着他去见了他的妈妈。

在此之前，我对他的家庭一无所知，他亦从未谈过他的家庭，我以为我们都一样，我以为他和我的家庭也一样。

我记得那天，飘着小雨，我们在飞机场接到了他的妈妈。那是我第一次去飞机场，我看见飞机从我头顶飞过，像一只大鸟。他见我看飞机看得出神，悄声说："以后，我带你一起坐飞机。"

我冲他甜甜地笑，他说："丫头今天真好看。"

我说："我紧张。"

他说："我妈妈人很好，别紧张。"

那是我第一次看见婆婆，她年过五十，棕色的短发，麦色皮肤，双眼皮的眼睛明亮有神。她穿着一件棕褐色的貂皮大衣，配着黑色皮靴子，脖子上戴着一条很粗的黄金项链，手腕有一个成色很好的白玉镯子，脸上没什么表情。

看见王鹤允也只是淡淡地说了一句："来了。"

王鹤允自然地接过皮箱，跟在妈妈后面，我小声地说了一声

"阿姨好"。

她冲我淡淡地点了点头。

我跟在他们后面出了机场，王鹤允看出了我的窘迫，转过头冲着我笑，跟我做鬼脸。妈妈走路一阵风，比王鹤允走路还快，我的大长腿竟然也有些跟不上。

那天晚上我们一起吃饭，除了我们，还有他们家族的哥哥们。

我才知道，王鹤允在新疆长大，但是祖籍是西安的，亲戚朋友都在西安。那晚来接我们的有他的堂哥和表哥，一个开着奔驰，一个开着奥迪。

见着王鹤允的妈妈热情地打招呼，王鹤允的妈妈笑着跟他们拉家常。他们对我倒也照顾，热情客气，亲切和气。可是这样的场面，多少让我有些不适，这是和我的家族完全不一样的圈子，也是和我生活环境完全不一样的环境。

在那张饭桌上，我看到了我和王鹤允的距离。

桌上全是美味佳肴，手掌大的龙虾、螃蟹，各种我未曾见过的菜品，放在我的面前。

王鹤允坐在妈妈旁边，哥哥们相互讨论着他们的生意，询问着王鹤允的父亲。

在他们的言语中我了解到，王鹤允并不是我了解的王鹤允，他家庭条件优越，在我们家还买不起自行车的时候，他已经坐着轿车上学了。九岁的时候家里就已经有了电脑，那一年，我才5岁，全家人还挣扎在温饱线上。

这些差距让我难过，让我绝望，甚至让我觉得自己可笑之极。

他妈妈待人温和，倒是看不出她对我是否满意，只是她不断提醒王鹤允照顾好我，让我多吃点。可是除了面前的那盘青菜，我什么都没吃。

离开的时候，她妈妈握着我的手说："阿姨也没有准备礼物。"然后把一个红包放在我的手心里。

我下意识地把手缩了回去，想要拒绝的话还没有说出来。王鹤允就跳到我的面前说："谢谢妈妈，吴启，拿着。"我杵在原地，不知所措，王鹤允快速接过红包，把它放进我的口袋。

他妈妈跟着哥哥们回了老家，我们用明天还上班的理由，跟他们告了别。

那天晚上，我和王鹤允第一次吵架。

他坐在凳子上看着我问："你总是这样神经质，要闹哪样？"

我说："你为什么没有给我讲过你的家庭？"

他说："我们都一样，没有什么不一样。"

我说："不一样，不一样，早知道你是公子哥，我就不会和你在一起。"

他说："无论我是什么样的家庭，我都爱你，想和你结婚。"

我看着他一字一句地说："我和你不合适，我们分手吧。"

他不可置信地看着我问："为什么，为什么？"

我强忍着泪水说："我配不上你，你走。"他站在我的面前看着我，那眼神像是要吃了我一样。

我闭着眼睛，不想再看他一眼，我听见他说："吴启，你太自私了，所有的事情都是你想怎样就怎样，从来没有想过我。"

我一句话也不想说，躺在床上，用被子蒙着头。过了很久，我听见关门声和他离开的脚步声，放声大哭。

14. 门当户对重要吗？

那是我们在一起之后，第一次真正意义上的分手。

那天晚上，我想了一夜，想到我们的过去，想到他的温柔，想起他身体的温度，想起第一次见他的样子，想起我们在一起的点点滴滴。

我甚至试图在想，或许这些距离都不是问题，我们在一起会幸福。但是有一个声音一直在提醒我，你们不合适，门不当户不对，你们是没有未来的。

两个我在打架，折磨得我都快要疯了。

我起身用手抹了抹眼泪，站在镜子面前看自己。镜子里的女孩，消瘦，眼睛无神，高挺的鼻梁，麦色皮肤，隐约可见的高原红，粉嫩。

头发全部扎了上去，露着整张脸，脸很小，不过巴掌大。二十岁的姑娘该有的美，她全有。初入社会的怯懦已经全无，淡定从容。

我看着镜子里的自己，想笑，却发现满脸泪痕。

我应该是可以配得上他的，对不对？我有一米的大长腿，我有一米七的大高个。我很爱他，他也很爱我，我们应该在一起，不是吗？

　　这些试图说服自己的理由，却被我们的家庭差距全部掩盖，像是一道无法逾越的沟。

　　已经四月了，西安的夜里还是有些凉，我拉开门，离开了房间。一个人走在大街上，不知道为什么，哪里都是他的影子。

　　灯光下是他的影子，路边的座椅上是他的歌声，就连大雁塔广场里都环绕着他的笑声。我顺着那条路一直走，一直走，走到忘记了时间，忘记了自己在哪里。

　　街上的人群渐渐变少，灯光下，城市显得空旷孤寂，偶尔有情侣经过，亲昵地靠在一起。我像游魂一样，走在街上。

　　手里衔着一根细烟，穿着单衣，手和脸冻得有些僵硬。

　　前面有一座大桥，我站在桥上，看着这座城，看着我曾经魂牵梦萦的地方，看着匆忙回家的人儿。

　　我的未来会是什么样子，离开他之后，我会遇见谁，我会结婚吗？

　　我看着天空，站在桥上，像个无家可归的浪子。

　　偶尔有男孩经过，冲着我吹口哨，我漠然地看着前方。

　　就在那一刻，我决心离开这里，离开王鹤允，或许只有这样，我才能忘记他，才能重新开始。

　　而这次逃亡，却成了王鹤允心中最大的伤痕。

　　后来他总说："你就是个王八蛋，总是不停地抛弃我。"

　　我不知道的是，在离开的那天，王鹤允的妈妈同意了我们在一起。

　　他妈妈说："你觉得合适就好，我看着也是个好孩子，你们好好过日子。抽个时间，我让你爸回来，帮你们把事定下来。我下个月回家，在老家盖房子，我和你爸也该退休了，也打算在老家养老。"

　　谁知道，妈妈同意了，媳妇却跑了。

他却不敢给家里人讲这个事情，全家人都在喜气洋洋地为他策划结婚的事情，他还在满世界找他的新娘。

那天早晨，天刚亮，我就乘着去上海的车子离开了。

全中国，我只去过上海，对那里相对熟悉，我决定先去上海找哥哥，再去墨脱。

对的，我又一次想起自己的梦想，要去墨脱。

去上海最早的车票已经卖完了，我只买到了站票。就这样，我站在火车上，离开了我最爱的人，狠心地把他抛弃在原地，没有一丝留恋。甚至连一丝努力都没有去做就放弃了。

这件事，至今他也无法释怀、无法明白，为什么我要这么做。

可是他不是我，他永远无法明白自卑是什么，也无法明白这种情绪的厉害之处。我用最粗暴的方式维护着自己的尊严，用最绝情的方式来逃避我可能受到的伤害。一点也没有想到他会有多难过，他会有多伤心。

他发现我不在的时候，我已经到达上海，在离他千里之外的地方。

到上海那天，是哥哥来接我的，他问我怎么来上海了。

我说："在西安待着无趣，所以来了。"他便未再追问，为我安排了住处，去上班了。

我一个人躺在旅馆里一整天，手机一直关机。

此时他正疯了一般在西安各个角落找我，而我躺在上海的旅馆里睡了一天。

醒来的时候，已经是第二天中午了。打开手机，全是他的短信。

"吴启，你在哪里？回电话给我。"

"吴启，告诉你一个好消息，我妈妈同意我们结婚了。"

到后来变成："吴启，你有话出来说清楚，这样消失算什么。"

后面还有很多，我边看边哭，很想很想，打电话过去告诉他，我想你，我要和你在一起。可是我始终没有，我再次关了手机。

晚上哥哥带我去吃饭，和他的朋友一起去唱歌。

那晚是我第一次喝酒，喝到吐，喝到站不起来，胃痛了一夜。

哥哥在旅馆守了我一夜，早晨他问我："你怎么了，出什么事了，跟哥讲。"

我转过身，背对着哥哥说："我好着呢，你去上班吧！"他没去，一直在房间里守着我，直到我中午起床，他带我去吃了午饭，看我情绪稳定才走，走的时候反复叮嘱我，"你好好待着，别乱跑。晚上我带你出去逛。"

我说："好。"

我在上海待了四天，收到仲夏的邀请，让我去她们学校玩。

那是我们分开之后，我第一次去看她，也是我第一次迫切地想见她，她是我唯一的朋友，我们曾经在一起很久，或许她能告诉我该怎么办。

离开上海之后，我去了天水，原来的手机卡被我拿出来放进了包，买了一张黑卡联系家人和仲夏，就那样切断了我和王鹤允之间的所有联系。

到达天水的时候，已经是晚上了，仲夏站在车站，冲着我喊："吴启，我在这里。"

我还没有走过来，她就冲过来抱着我说："死女子，想死我了，好久不见了，一天搞毛呢，也不知道打电话。"

她的热情让我低落的情绪好了不少。仲夏没变，还是那样可爱、美丽、火热。好像长高了一些、清瘦了一些，多了一些女人味；依旧留着短发，穿着一件碎花的连衣裙套着大衣，让人看着就觉得喜欢。

她说："怎么想起来看我？"

我说："老娘失恋了。"

她哈哈笑了一声说："恭喜啊，单身多好。"

"去你的，还能不能愉快地做朋友。"

她停下脚步，拉着我一只手认真地说："男人如衣服，闺密如手足，要为自由故，单身是王道。走，姐姐带你撸串，唱K，打篮球，看帅哥。"

那晚，因为有仲夏，我忘记了所有的不快，跟着她一起放纵、一起疯。溜进她的学校，跟她一起上晚自习。夜晚，我们像上学的时候一样，躺在她宿舍的床上聊天。

我跟她说王鹤允的故事，她说："我亲爱的姑娘，你这样就放弃了，不像你啊，你应该争取一下，你应该试试。不然你会后悔的，你看看你都成啥样子了。"

我说："我不敢，我害怕，害怕没结果，害怕不幸福，害怕那种差距带给我的压迫。"

她说："启儿，幸福靠自己，你别怂，我挺你。再说，这样对王鹤允不公平，不是吗？"

在仲夏的劝说下，我的脑子逐渐恢复正常。我重新装上了手机卡，看见他发给我的几百条信息和无数条未接电话提醒。

我才知道，我错了。

可是我不知道要怎么回去，要怎么跟他解释。

那天晚上，仲夏用我的手机打电话给他，告诉他我在她这里。

他跟仲夏说："让她在你那里玩几天，我周末去接她。"

那天之后的三天时间，我再未收到他的信息。一直到星期六早晨，电话响了，我看见备注写着允哥哥。

我拿着手机，鼓起勇气按下了接听键，听见电话那头的他说：

"吴启，回家了，我在你朋友学校门口。"

我说："好。"

那天是我离开的第十天，我又一次被他带回了家，我又一次没有去成墨脱。

回西安的路上，他一直阴着脸，沉默着。我看着他，他看着窗外，不知道在想什么！

15. 父亲反对的婚姻

他脸上没有表情，眼睛里有很多我看不懂的东西，一如我初见他时的样子。我靠着他，望着他，想说什么，却也说不出口。

对面坐着一对情侣，两个人说说笑笑，好奇地看着我们。我们也曾像他们一样快乐过。

回到西安的时候，已经下午了，天空中飘着小雨。他拉着我的手，走得很快，我跟不上，只能任由他拖着。

就那样回到了我们的住处，他把我推进了房子，站在门口看着我很久，终于开口说话了。

"吴启，你就打算这样离开我吗？我们在一起这么久到底算什么？"

那是他第一次冲我发火，红着眼，咆哮而出。

我从未见过那样的他，让人觉得恐惧。我愣在原地，张开嘴，却发不出声音，泪水不受控制地顺着脸颊流淌。

"说吧！说清楚，我放你走，我并未非你不可。我受够了你这般神经质，总是没有缘由地离开，你到底当我是什么？"

"我……"

他向前迈了一步，站在我的面前，抓着我的肩膀看着我说：

"你哭什么,你委屈什么,该是我哭才对。你知道我在西安找了你多少天,你这个女人心到底是什么做的,石头吗?你凭什么这么对我,凭什么?"

我抬起头看着他,看着他眼睛里的愤怒、痛苦、挣扎,才知道我伤了他,伤得那么深。我伸出手,想要去拥抱他,却被他一把推开。

他转过身背对着我,我看见他点了一根烟,手在颤抖,身体也在颤抖。

那是我第一次见他哭,泪流满面,双眼通红。

他说:"你到底要我怎么做,你到底想要什么?你若是真的想离开,我放你走,我们再也不要相见!"

我看着他痛苦的样子,心如刀绞,那痛一点一点蔓延全身。

就在那一刻,我知道,我爱他,失去他我可能一生都不会快乐。就在那一刻,我决心,放弃所有的挣扎,什么门当户对,什么身份差别,统统去他的。我要和他在一起,永远不分开。

我鼓起勇气,走在他的面前,用尽全力抱着他,重复着那一句:"我错了,我错了。我什么都不要,我只要你。"

再次感受到他身体的温度,很暖,让我飘浮的心一点点有了着落,很安稳。他终于抬起手回抱着我说:"我为什么要爱上你?我为什么要爱上你?"

他的脸埋进我的长发里,泪水顺着我的耳颊流淌。

"我错了,我不会再离开你了。"

他说:"没有下一次,下一次,我绝不找你。"说完,他的唇便贴了上来,带着侵略和惩罚的味道,让我几乎无法呼吸。

他在耳边说:"你要补偿我。"

不等我答应,我便被他压在身下,无法动弹。我想反抗,却不料他的唇再次落下，在他霸气的攻势下，我只能缴械投降。

那一整夜，他都缠着我不肯放手，我知道，我从未给过他安全感。殊不知我亦是如此，没有安全感，自卑、敏感，才会选择逃避。

早晨我醒来看见睡在旁边的他，有些恍惚。我们就这样分分合合，不知要到何时。我看着他，朝他怀里靠了靠，突然脸上一凉，他醒了，吻落在我的脸颊。

"你何时醒来的?"

"从你偷看我开始。"

"你可真能装。"

"你还要离开我，你是我的女人，你离开之后，不会再有人要你了。"

"那你要对我负责。"

"好啊! 明天去你家提亲。"

"不用这么快吧!"

"你不愿意?"他突然就紧张兮兮地问。

"没有了，容我先禀告父亲大人再说。"

"嗯，好。"

"你再睡一会儿，我去买早餐。"

他起身下了床，我躺在床上想，我刚才好像被求婚了，脑子晕乎乎的。不过求婚不应该很浪漫吗? 为什么我的求婚是在床上。

我赶紧从床上爬起来，心想或许还有别的惊喜呢，事实证明，我想多了。

他只给我买了包子、豆浆回来，放在桌上，又过来亲了我一口，才心满意足地去上班。这家伙不知怎么突然变得这么黏人。

正吃着饭，父亲打电话过来了问我近况如何，我说一切安好。

关于王鹤允要去提亲的事情，我却不知怎么说，只能挂了电话，再做打算。

中午王鹤允打电话过来跟我说："丫头，记得给咱爸说，我要去提亲的事情，千万别忘了。"

我只能含糊其辞地应付着说："哦，我知道了。"

他听见言语含糊，又问了一句："你怎么了，又想变卦了？"

我赶紧说："没有，没有，我知道了。"

已经十天没去上班了，离开那天给店长撒谎说："脚崴了，在住院。"

最近他每天都在催我回去上班，看来要回家的话，还需要继续请假。我只得打电话继续编理由。

"店长，我吴启，医生说我的脚要卧床休息一个月，最近可能去不了。"

"你这请假时间也太长了吧！再给你一周假，如果还来不了，就不用来了。"还不等我再回复，他就挂了电话。

天哪，这是要失业了。不过在那一刻，这些都不重要，重要的是王鹤允要提亲的事情，怎么跟家里人说呢。

我躺在床上想了一下午，还是不得要领。

只能打电话跟仲夏和卡卡求救，结果这两个家伙都在上课，竟无一人接我电话，看来只能靠自己了。

我拨通了父亲的电话，爸爸说："上午才打电话，又打电话啥事，浪费钱。"

"爸爸，我……"

"咋了，出啥事了？"爸爸焦急地问我。

"没有，就是我男朋友说要去我们家。"我小声哼哼着。

"什么，你说啥？"

"我男朋友要来咱们家。"

"来干吗！八字没有一撇呢，不准来，不然又让人说闲话了。"

"我们准备结婚，他们家同意了，我带他回来给你看看。"

"先别来，你跟他说一下我们这边乡俗，彩礼八万块，他们家要是觉得可以，再说。"

"哦，我知道了。要不我带回去你先看看呗，你能看上再说。"

"你们先谈好，再回来，你又不是不知道村子里的人，全是长舌妇，你一个姑娘家家的，要注意名声。"

我只能点头说好。

王鹤允下班的时候，兴高采烈地买了一堆礼物回来，一边推门一边说："我们明天几点出发？"

"那个，你先坐，我有事跟你说。"

我把和爸爸的对话跟他讲了之后，他沉默了好久，说了一句："那就再说吧！"

"彩礼八万块，我们两情相悦为什么要彩礼呢？"

"我们那边女孩出嫁都要彩礼的。"

"我姐结婚的时候，也没有要彩礼啊。"

"那是你们，我们那里都是那样，必须有彩礼。"

他没再回应我，也没有再说回家的事情，而是起身回了自己的房间。原来，我们之间的障碍不止是门第的差别，还有观念、风俗的差别。

就在我打算豁出一切跟他在一起的时候，摆在我们前面的另一个难题出现了——彩礼。

原来结婚，并不是只要两情相悦就可以，还有很多我们无法预知的困难。

16. 爱情败给了现实

在我们和好的第二天，也就是我们决定结婚的第二天，新的问题出现了。

面对这样的问题，我一点办法也没有，只能让婚事搁浅。

而王鹤允的态度更让我伤心，从那天开始他一直情绪低沉，每次聊到这个话题的时候，两个人就开始争吵。

我回到了公司继续上班，早晨离开，晚上回家。他依旧会在我下班的地方接我，但是我们再也无法和平相处，一言不合就开始吵架。

没完没了地争吵，耗尽了我们之间所有的温情。我变得患得患失，性格也跟着回到从前，又开始抽烟，烟瘾很重。他看见我抽烟的时候，毫不掩饰他的厌恶。

我们的爱情走进了一个死角，无法放手，也无法好好在一起。即使他坐在我旁边，我也感受不到他的存在，我们的心渐行渐远。

他下班之后，几乎都在打游戏、上网，很少和我交谈。

我坐在桌前写日记、写故事，故事里的女孩比我勇敢，比我决绝。她放弃了去爱，放弃了这样毫无意义对峙的生活，一个人去了远方。而我在这段感情里堕落、迷失。

他越来越忙，有时我下班的时候，也不见他的踪影，甚至不打电话回来。

我一个人待在房间里，常常问自己在守护什么、坚持什么。在那些日子，我没有一日不在想离开，可是想起那天他痛苦的样子，心中离开的念头，就会变淡。

两个人相处越久，就越能知道怎样让对方弱一点，知道怎样让对方更痛。他的放纵、我的冷漠，我们用这样的方式伤害着对方，心里滴着血，却不愿低头。

那些日子只能用暗无天日来形容，到后来变得敏感脆弱。只要在一起，就会争吵，没有任何缘由的发火，说着伤害彼此的话，用言语在对方的心上一刀又一刀地来回捅。

很奇怪的是，那一次，我们谁也没有说分手。像是受虐狂一样，一边伤害，一边抱团取暖。

这样的日子，一直持续到他的父亲回来。那天他跟我说："我爸爸从新疆回来，商量我们的婚事。"

我说："你还觉得我们能结婚吗？"

他说："吴启，我们不要这样子，我们好好的，行吗？"

我看着他，认真地看着他，他更瘦了，颧骨突出，那双大眼睛显得更大了，戴着眼镜的时候，看起来空洞迷茫。他说这些话的时候，脸上依稀可见那种过够了这种生活的厌烦。

"王鹤允，我爱你，可是你并非你想的那般爱我。"

"我爱你，可是我也要顾及我的家人。"

在彩礼的事情上，我们始终无法说服对方。我知道那不是钱的问题，那是面子的问题。我们都在为父母争取他们应有的面子。

在我的家乡，若是一个女子不要彩礼出嫁，不是怀孕没有办法，就是身体有隐疾。不然会被乡亲们说闲话，彩礼也代表你这个女孩的身价。

而王鹤允他们家境优越，他们身边都没有要彩礼的风俗。父母亦要维护自己的尊严，我们家庭不差，儿子优秀，为何要掏钱娶媳妇，传出去亦会被人取笑。

我们都没错，可是不知道是谁错了，两家人心里也在煎熬，可是谁也不想让步。

再后来，爸爸开始坚决反对我们的婚事。"我们家庭条件不一样，你嫁过去难免会被低看，受人白眼，这个婚不能结。"

几乎家里所有人都一边倒的同意爸爸的说法，我孤立无援地站在原地。

我又在抗争，这一次不知道在抗争什么，抗争风俗、抗争观念，还是抗争自己想要的自由。我不知道，我只感受到前所未有的孤独。

而王鹤允一直都没有表态，他没有说过这件事怎么解决，一直在逃避，一直情绪低沉。

我已经很久没有看见他笑过了，我们在一起的大多数时候，都各自在做自己的事情。

我很想说："要不，就这样分开吧！"可是看见他也在痛苦，我便说不出口。

在这段感情里，我已经迷失，失去了自己，失去了曾经所有的梦想。人都说，恋爱中的人智商为零，这时候的我智商不仅为零，甚至是负数了。

除了我们，我们各自的父母也在这种境况中痛苦，不知道该怎么办？王鹤允要带我去见他的父亲，我说："我不去。"

他说："你想怎样？我父亲为了我们的婚事，从新疆飞回来，你不去。你到底要自私到什么时候？"

"我自私，就你伟大，八万块，对你们来说多吗？你们至于这样吗？你们不是有钱吗？八万块都出不起，算什么有钱人？我看你们分明就是恶心人，我不去，我高攀不上！"

他站在我的面前，再次出现上次吵架的表情，像是要爆炸一样。

"吴启，吴启，你真是个神经病，神经病！"

"我就是神经病，你走，你去找不要钱就嫁给你的女人吧！老子很贵，娶不起别娶！"

我看见他手臂青筋暴起，伸出的手向我袭来，我仰起头看着他。

"你打啊，你今天不打我，你就是孙子！"

他的手从我的耳边掠过落在了墙上，墙上瞬间凹陷，我听见骨骼裂开的声音。他脸上除了愤怒，看不出来有任何疼痛的感觉，一滴血落在地上了。

我转过身，拉出皮箱，把衣服扔在床上，一件一件的把衣服塞在里面。

他就那样站在原地，就在我要出门的时候，他把箱子一把夺下，把我一把拉进了房子，怒吼："你到底要我怎样？"

我看着他，低声说："王鹤允，我们既然这么痛苦，何必呢？"

他说："那要怎样，又要逃跑，又要离开，是吗？你凭什么，每次都这样，你对我公平吗？"

我看着他的手还在滴血，像是疼在我的身上一样。看着这样的王鹤允，我觉得罪恶，却又无力。我不知道该怎么办，不知道要如何选择。

我握着他的手，找出创可贴，才发现他的手背肿得老高。

"王鹤允，去医院，你的手受伤了。"

"我不去，你不是要走了，你走啊，我不要你管！"

"快去医院，不要闹了。"

我过去抱了抱他说："王鹤允，我很爱你，但是，我也很痛苦，我们先去医院好吗？"

他的双手缓缓抬起，用力抱着我，像是要把我揉碎在身体里。

他说："吴启，我们为什么会变成这样？"

那是我回来之后第一次，我们再次相拥，在他的怀抱里，我再度获得了勇气。我拉着他去了医院，他跟在我的后面。

片子拍出来了，小拇指错位，轻度骨裂。

我看见医生帮他复位的时候，他脸上痛苦的表情，我的心一点一点再度变得柔软。

回家的路上，他用没有受伤的手紧紧地拉着我说："明天跟我去见爸爸。"

"好。"

"答应我，别放弃，好吗？"

"好。"

"记得你说过，我会成为你的丈夫。"

"是。"

"我也坚信，相信我。"他冲我温柔地笑。

在后来的日子里，我依然会想起这段记忆，想起我们曾经用尽全力想要在一起的情形。这段记忆支撑着我在柴米油盐的琐碎中坚持着、努力着。

17. 一辈子是多久?

因为相爱，所以轻易原谅，总是很容易忘记受过的伤、吵过的架、经历过的绝望。

我跟着王鹤允去见了他的爸爸，暂时放下了我们之间的所有矛盾。

有时候我在想，若是三十岁遇见这些事，或许我们早就分开了。有些事情像是注定的，你会遇见谁，在哪个时间，会发生什么，无论经历多少困难，依旧会选择坚持。

已经五月了，太阳的温度让人有些燥热，春天像是在一夜之间消失了一样，夏天悄然无声地来了。

我跟着王鹤允去火车站接他的爸爸，他走在前面，我跟在后面。他那只受伤的手，颓然地垂在身上。偶尔他转过头看我，眼睛里已经没有最开始的温柔，而是无尽的疲惫。

我看着他的背影，一如既往的瘦弱，习惯性地低着头，走路依旧很快。

车站永远是嘈杂热闹，人来人往，天南地北的口音混在一起，有些聒噪。他带我站在火车站的出口处，人群一涌而出，人挤人，看不清楚谁是谁。

　　王鹤允伸长了脖子在人群中搜寻，一个年过五旬的叔叔冲着我们招手，我拉了拉王鹤允问："那个是不是叔叔？"

　　王鹤允笑着说："你厉害，没见过，都能认出来那是我爸爸。"好久没见他笑了，突然看见他笑让我觉得很不真实。

　　说话间，叔叔已经走在我们的面前，看着我说："这就是吴启吗？你好，你好。"

　　他爸爸操着新疆口音的普通话跟我讲话，嗓门很大，笑呵呵的，让人莫名地放松。

　　王鹤允接过爸爸的行李箱，拉着我跟在爸爸的后面。

　　爸爸说："还是回到家乡好！西安这些年变化好大，是该回归故里了。"

　　他就那样说着与这个城市的故事，说着家常，一直笑嘻嘻的。和我的爸爸，我见过的每一个老人完全一样，平和、慈祥。

　　王鹤允看见我一脸轻松，转过头冲我傻笑。

　　爸爸并没有在西安待很久，跟我们吃过饭之后，就离开了，说是回家看看。

　　那天晚上，王鹤允再次跟我提起了结婚的事情，他说父母没有意见，都很满意，可是彩礼的事情，是否可以再商量一下。

　　我们相对而坐，他看着我，深情地说："丫头，我很爱你，可是我现在没有能力。结婚之后，我会努力挣钱和你一起养活叔叔阿姨，好吗？你和叔叔说说，双方都退一步，我们先结婚如何？"

　　我看着他，很难过，我知道，他说的都对，可是我依然不知道能否说服父母。在家乡因为彩礼，两个人最终分道扬镳的事情数不胜数。我能抗争过世俗，能争取到自己的幸福吗？我并不知道。

　　我的沉默，让他更加痛苦。他就那样看着我，等着我的回应。

　　"我试试。"

听见我说这句话，他惊喜地抬起头，一把把我拥在怀里说："我就知道，你不会放弃的。"

夜很静，只能听见我们彼此的呼吸声。

他在我耳边说："吴启，我会爱你一辈子，相信我。"

"好，我相信你。"

当我跟父亲说出王鹤允的想法，父亲沉默了很久，挂了电话。

第一个打电话过来给我的是哥哥，他说："我听爸爸说了你的事，哥相信你的选择，可是你还小，很多事情，你不懂。"

"哥，我懂，他真的特别好，我们在一起会幸福的。"

"他们家的情况我也了解了，听你说家境不错。可是你有没有想过，这么有钱，这点彩礼不是小事情吗？他们都不情愿，你以后过去能幸福吗？少不了要看人的脸色，就你那脾气能忍受吗？我们都是为你好，你考虑清楚。"

哥哥的话让我多少有些动摇，对于王鹤允的态度更是差了不少。他不说话，不反驳，就是沉默着，不说话。

我们的感情到了一个冰点，有几次，我都很想告诉他，我们这么痛苦，不如分开吧！可是，那句分手怎么也说不出口。

那个夏天，我们就一直在对抗、沉默中度过。大多数时候，我们都是不开心的，父母也跟着我一直煎熬着，哥哥打来无数个电话劝说我。

只有妈妈一个人支持我，妈妈说："有机会离开这里，就留在外面吧。妈这一辈子是没有希望了，你还有，妈妈不希望你和我一样过得这般辛苦。"

而我和爸爸已经很久没有说话了，这是我长这么大以来，第一次和爸爸吵架。

他很疼我，从小到大，只要是我想要的，他都会给我。即使那年我离家出走，他都选择原谅，替我背负着所有的舆论，相信着我。

这一次我的坚持，彻彻底底地伤害了他，听妈妈说，你爸爸常常一个人坐在炕上发呆，旱烟一根接一根地抽。

他不在意钱，我知道，他想看看我要嫁的人是否值得。他舍不得我远嫁，也怕我委屈。这些我全都知道，可是我要怎么办，我不知道。

这世界上我最爱的两个男人在逼着我做选择，我一个也无法舍弃。没有人告诉我该怎么选，我整日恍惚，在这种难以抉择的取舍中徘徊、痛苦着。

深夜，在日记本上写着一个又一个故事。文字成了我唯一宣泄的出口，故事里的姑娘代替着我幸福，代替我去做我想做的决定。

这样的日子一直持续到那年冬天，王鹤允决定去拜访我的父母。

爸爸无力地说："来吧！来吧！"

那天王鹤允表现出少有的高兴，我们还特意去了那家平时舍不得去的餐馆吃了大餐。他高兴的样子，也感染了我。我跟着他一起傻傻地期待着这次拜访，能够扭转局面。

王鹤允问我："你觉得爸爸能看上我吗？"

我瞅了瞅他说："有些危险。"

他着急地说："你看我又帅，又爱你，哪里找这么好的男人？"

我说："你太矮了，又瘦弱，不够男人。"

他停了一下坏笑着说："我够不够男人，你不知道吗？"

"你简直了，你有本事在我爸面前就这么说。"

"那我真说了哦！搞砸了，你别怪我。"

"你敢这么说，我就服你。"

好像我们已经很久没有这样开过玩笑,这样开心过了。

他看着我认真地说:"我一定说服叔叔,让他把你嫁给我。"

"允哥哥,你以后会爱上别人吗?"

"肯定不会,我只爱你,丫头。"

"我能信你吗?"

"当然,你放心,我会让你过得比公主还好。"

然后我就信了,就像第一次遇见他,我就觉得他不是坏人,跟着他走一样,没有缘由地相信他。

那天他特意去理了发,买了新鞋子,买了好酒好烟和一些礼品。

在初冬的一个早晨,我带着王鹤允去了我家。

18. 原来结婚不是只要相爱就够了

家乡的冬天干冷，树叶全部落了，人迹稀少，极度荒凉。

我们乘着汽车到达县城，又倒车来到乡镇。太阳很大，天空湛蓝，阳光没有一点温度，极冷。

我裹着羽绒服，手插在口袋，看着提着大包小包的王鹤允问，"冷吗?"

他的脸冻得发青，好像牙齿都在发颤，缓缓张开嘴说："你忘记了，我是在新疆长大的，你是不知道，我们那边零下二十多度，这温度对我来说小意思。"

我看着他嘴硬的样子，笑了笑说："说实话，你看起来很冷的样子。"

他挺了挺胸脯说："哪有，我可没有那么娇气。"

到了乡镇，离家还有几公里的路，没有交通工具，只能自己打车，或者父母来接。

我问他："我们走回去，你能行吗?"

他说："好啊!"

我们沿着那条土路前行，路面不平，坑坑洼洼。

路的两边都是深沟，山上树叶已经落完了，光秃秃地，没有一点颜色，像一座座巨大的坟墓。

他提着东西走路有些力不从心，我接过他手里一些东西，背在肩上，跟他讲我小时候的故事。

上初中的时候，我每天骑车上学，来回需要一个小时左右。回家的时候全是下坡，去上学的时候，全是上坡，需要用尽全力。

他问："会累吗?"

我说："其实还好，每个人都这样上学，所以习惯了。上初三的时候，我就开始住校了，混住，几个人睡在一个炕上。从家里背着馍馍、辣子酱、泡菜，一周只有几块钱零花钱。那时候，我经常想快快长大，去看看外面的世界。父母很忙，基本上顾不上我们。"

他说："你真是过得很辛苦。"

我说："其实还好了，我们这里每一个孩子都是这样上学，都是这样生活，没有太大差别，所以也不会觉得辛苦。"

他冲我笑着说："以后我们会有不一样的生活。"他看着我，过来牵着我的手，放进自己的口袋里。

快到家的时候，爸爸打电话过来问我："走到哪里了?"

我说："快到了，已经进村了。"

爸爸说："你怎么不打电话给我，我安排了车子去接你们，你个瓜女子。"

听着骂我的爸爸，心里热乎乎的，他到底为了我还是接纳了允哥哥。"我们已经快到了，你不用操心哦。"

爸爸说："你真是的，让人觉得我们礼数不周全。"

我笑着说："爸爸，谢谢你，他不会在意的，你放心。"

我刚打完电话，就远远看见站在家门口的父亲。他在向我们回家的路上张望，我冲着他招手。他站在原地，静静地等着我们。不知道为什么，看着父亲，我心里有些难过。

　　我知道他最爱我，我却为了另一个男人顶撞他，跟他置气，而他依然会原谅我，会在我归来的路上等我回家。

　　王鹤允说："我怎么有些紧张。"

　　我看他那傻兮兮的样子说："你尽量表现得老实一点，不要油嘴滑舌。"

　　他说："知道了。我会努力表现的。"

　　父亲看见王鹤允笑眯眯地打招呼说："来了，累坏了吧！赶紧进屋，这瓜女子，不知道给我打电话。我都叫好车了。"

　　王鹤允说："不麻烦，叔叔，我们走了也没有多久。"

　　我看着他们聊天，莫名感动。

　　妈妈听见我回来了，从厨房出来，看起来比王鹤允还紧张。一直重复着说："赶紧去上房，上炕暖和一下，饭就好了。"

　　我放下东西，爬上了炕，王鹤允坐在沙发上，坚持说："不冷。"

　　爸爸在房间里架起了火炉，房子里暖烘烘的，门紧闭着。

　　哥哥嫂子都不在，侄子跑过来坐在我的身边，我掏出好吃的给他。他咧开嘴对着我笑，小脸红红的。

　　爸爸坐在另一个沙发上跟王鹤允聊天，我靠在墙角看着他们。

　　我听见爸爸问："以后你们准备在哪里，回新疆，还是在西安?"

　　这个事情，我从来没有和王鹤允讨论过。

　　他说："家里正在盖房子，以后会在西安，我们以后也会在西安定居。"

　　爸爸说："嗯，那挺好。你多大了?"

　　他憨憨地一笑说："比启儿大四岁。"

　　爸爸说："你们先坐着，我有点事先出去一下。"

　　那天午饭，爸爸一直没有回来，一直到晚上。

　　那天晚上他们爷俩就着妈妈做的肉，在一起喝酒。我坐在旁边看着，我听见王鹤允说："叔叔，以后我们会孝顺您的。"

爸爸说："我谁都不指望，你们要是能好好过日子就好。"

他们都喝得有点多，两个人话也多了起来，开始你一句我一句地吹牛。我和妈妈在一旁显得很多余。

他跟爸爸说："我会照顾好启儿，叔叔您放心。期望您同意我们的事情。"

爸爸没有回答，又喝了一口酒说："你们看吧！我去睡觉了。"摇摇晃晃出了房门。

妈妈跟了出去，我安顿好王鹤允，去找爸爸。在窗户外，我听见爸爸说："这娃看着不错，是个老实娃，哎，女大不中留。"

我掀开门，进去看见躺在炕上的爸爸、坐在一旁的妈妈。

他们身上的那种失意，让我也跟着难过。

妈妈说："你想好了吗？这是你一辈子的大事。"

我说："妈，我想好了。你放心，我肯定把日子过好，我不想嫁到我们这里，一辈子种地。"

爸爸说："你自己选的，以后过不好，谁也不要怪。我不同意也没用，你自己决定。"

"谢谢爸爸。"

第二天，家里来了很多人，爷爷奶奶、伯伯婶婶，当然还有弟弟妹妹，我知道那是爸爸喊来帮我把关的人。王鹤允看见这么多人，有些羞涩，一直不说话，在角落里坐着。

爷爷奶奶自是很高兴，一直笑眯眯地拉着王鹤允的手说："好，好，好。"

事情就那样定了，虽然妈妈说王鹤允不够帅，有些瘦弱，有点配不上我，但也没有强烈反对。爸爸很佛系，一直念叨，你自己选的，以后别后悔就行。

其他人的意见大抵差不多，只是彩礼的事情，一直到我们离开，都没有再提过。

在家里待了三天左右，我们便回了西安，带回了好消息，我的父母同意了。低沉了好久的心情，因为初步的胜利而兴奋了好久。

回家的路上他说："启儿，年前，我们就结婚吧！我回家就让我爸爸来提亲。"

我说："好。"

他亲吻着我额头，脸上有抑制不住的快乐。

回到西安的那天晚上，王鹤允把这个消息告诉了家里人。爸爸和王鹤允的爸爸两个人第一次通了电话，结果不知怎么，谈得并不是很好，两个人都很生气。

爸爸直接打电话给我说："婚不结了，现在回家！"

后来我才知道，原来我们说好双方各退一步，彩礼五万元就可以。结果王鹤允的爸爸一边跟爸爸说，他们家里多有钱，一边又说，只出两万元彩礼。

这让父亲觉得这家人很不靠谱，笃定我嫁过去不幸福。而且巨大的家庭悬殊，父亲本来就不放心，出了这样的事情，父亲更加坚定了他的想法。

他一个电话接着一个电话打给我，让我回家，如果不回家，就让我永远不要回来。

王鹤允并不理解我的父亲，他总是不断地劝说我，让我去说服我的爸爸，这让我很失望。我们的争吵再次升级，两个人互不让步。

直到他说出："你家里人是想用女儿卖钱吗？"

我彻底绝望，他的那一句话彻底断送了我们之间所有的可能。

我一把把他推出门外，关上门。第二天早晨就离开了西安，并且一生都不想来这座城市。那天晚上，他给我发了很多条短信道歉。

无论他是不是有心说出这样的话，可是这句话让我明白了，在他心里，或许在他家里人心里都是如此想的。那么我的坚持是多么可笑、无知，我受轻视没有关系，我的父母不应该跟着我一起受到轻视。

在此刻，我终于知道，爸爸的担忧是对的。

我很爱他，却不得不离开他。

他的自私、冷漠、优越感，无时无刻不伤害着我。我们之间曾经的美好，好像就这样被这些琐事消磨殆尽。

我已经不是我了，我学会了生活，学会了爱，却弄丢了自己。

我躺在家里的炕上，什么也不想干，像是丢了魂魄的木偶人。父亲看着我的时候，总是长长地叹气！

19. 有情人终成眷属

那是我第一次迷茫，毕业两年，一直忙着恋爱，好像什么事情也没做，曾经想要的生活，也被我遗忘。以前一起写文章的小伙伴也总是抱怨我，好久不更文，总是找不见人。

我在想，我活着的价值在哪里？我以后的路在哪里？我会拥有什么样的生活。

想的越多，人就越发的失意，不知道该干什么。

在家里吃了睡，睡了吃，甚至对吃都提不起兴趣。

王鹤允偶尔发短信过来问我："在干吗？"

我一句话也不想回，我们之间的感情，因为结婚的事情，变得复杂。我甚至不清楚，我是否还爱他，心空荡荡的。我跟父母也很少交流，工作因为回家的缘故也辞掉了。什么也没有了，只剩下一副要死不活的皮囊。

那是我和王鹤允第一次真正意义上的分开。

那天我写了长长的信给他，发在QQ空间里。很多人都劝我，这样的感情不值得，而我也第一次真正意义上动摇了。

王鹤允并没有感动，他发给了我四个字："你真自私。"

我自私，我一直在想他说的这句话，想了很久，也没有想明白，我哪里自私。盯着那句话看久了，心开始疼，一个人坐着的时候，会默默流泪，没有缘由。

有一次被父亲看见了，他没有说话，只是愣在原地，然后转身离开。

那天晚上，爸爸来找我，那是我回家之后，我们两个第一次谈话。爸爸说："你当真愿意的话，就结婚吧！以后过不好，自己负责。"

我说："爸，我理解你，我不嫁了。"

爸爸说："我只希望你好，不希望你后悔，你自己选择的路，以后不要怪我。"

说完他就走了，那晚他回来很晚，好像喝酒了，醉得很厉害。妈妈把爸爸扶进房间，我跟在后面。

我听见他说："女大不中留，养女子有啥用？有啥用，一长大就成人家的了。"

那一刻我理解了父亲，他所有的行为都是舍不得，我竟然不懂事地怪他。

他说："你给你对象打电话，让他爸爸准备来家里提亲。"

那晚我发短信给王鹤允："你说过，我们会一辈子，不是吗？"

"丫头，我不想跟你分开，是你要分手。"

"那结婚吧！我爸说了什么也不要，只要我幸福。"

刚说完，王鹤允的电话就过来了。他似乎很高兴，在电话里说了很多，解释了很久。我却一点也不想听，只想快速地结束这样的生活。

他家里来提亲那天，天空飘着小雪，他跟着父亲和他的家人来到了我们家。

我们的婚事就那样定下了，父亲那天话很少，喝了很多酒，早早就睡了。

我跟着王鹤允来到了他们家，开始准备结婚的事宜，买衣服，买首饰。我什么也没有要，包括车子、房子。

婚房是在他们老家刚落成的二层楼房里，家里只有简单的家具。

真的订婚了，我没有想象中高兴，也没有想象中那么不开心。他们家人很好，对我很热情，我看着我的新家，有些孤独。尤其当他们一家人在聊天的时候，深深感受到自己像一个外人。

在确定婚事之后，一个月，我们就完婚了。没有领证，没有婚纱照，似乎什么都来不及准备，就举行了婚礼。

他们给了我爸爸两万块钱，在老家举办了宴席。我就跟着他们的车队来到了西安，夜晚住在酒店里。第二天天不亮，被拉起来化妆、穿婚纱。天气很冷，我冷得发抖。

镜子里的我被画上了浓妆，看不出我原来的样子。结婚那天父母都不在，在老家，女儿结婚，父母是不能去男方家的。来送我的是哥哥和姐姐，他们坐在我身边，嘱咐着我一些小事。

结婚那天，没有太大的惊喜，只是觉得冷和累。

和每一个平常的日子一样，大家一起吃饭，每个人都很开心，很多人夸赞王鹤允，你的媳妇好漂亮。他脸上洋溢着笑容，挨着给亲朋好友敬酒。

那天他穿着一身西装，身姿挺拔，看起来很帅，比任何时候都要好看。他握着我的手，带着我认识他的亲人、朋友，和他们喝酒聊天。我像木偶一样跟着他，并不知道自己该干什么，有人起哄让我喝酒，王鹤允都会挡过去自己喝掉。

婚礼结束之后，所有人都陆续离开，哥哥姐姐们也跟我告别了。这里只剩下我一个人，没有朋友，没有亲人。这就是我的新生活，我坐在床上发呆。有人伸出头在门里偷看，想要看看新娘子的样子。

世界很热闹，每个人都很开心，我的世界很寂静。

傍晚的时候，我开始发烧，可能是冬天穿婚纱感冒了。公公去医院帮我买了药回来，像对自己孩子一样，嘱咐我休息，喝水、吃药。婆婆帮我端来一碗臊子面，嘱咐我赶紧吃饭睡觉。王鹤允还在招呼朋友，没有回来。

我晕晕沉沉地睡了，心想，以后我应该会幸福吧！

再次醒来的时候，已经是深夜了，所有人都走了，房间安静了下来。我们房间开着灯，对面的墙上贴着一个大大的囍字。

王鹤允睡在我的旁边，见我醒来问我："有没有好一点？"

"好多了，你怎么还不睡？"

"我守着你，怕你醒来想喝水。"然后递过来一杯水给我。

"我们结婚了，你什么感觉？"

"以后你就是我媳妇了，我们会永远在一起，过着幸福的日子。"

"以后，你要不爱我了，请告诉我，我会自己离开，不要出轨。"

"我不会，相信我。"

"好。"

灯灭了，我的人生重新开始了，从那天起，我多了一个身份——妻子。

从那天之后，我再也没有听见过他喊我丫头，他总是喊我"老婆"，偶尔喊我"启儿"。

很多人问我早婚好吗，对我来说好像还不错。在结婚之后不久，我们就离开了家，去了西安，重新开始工作。

因为结婚，我们终于结束了那段纠结、痛苦、彼此折磨的生活。

后来每一次争吵，我总是会想起曾经为了在一起经历了怎样的艰难，会想起父亲说的那句"你选择的，以后不要怪我，无论好与坏自己承担"。

20. 天使意外降临

结婚之后，生活好像没有任何改变，我住在了王鹤允的新家里。他们家人并没有对我有任何轻视，反而对我很好，爸爸担心的事情并没有发生。

关于结婚时候遇见的各种困难，谁也没有提起。

我打电话回家，父亲说："结婚了以后，好好过日子。"

妈妈说："在婆家勤快一点，不要像在我们家一样懒，让人笑话。"

我说："好。"

只是我不知道的是，我出嫁之后，村子很多人见了我父母总是问："听说你女子没要彩礼就嫁了。"还有更多的人编出各种各样的版本，来猜想我结婚背后的故事。

他们不能明白，父亲愿意为了女儿的幸福，放弃所有原则。他们做不到，也不相信。很多人都说我可能未婚先孕了，或者身体有隐疾，才会不要彩礼出嫁。

流言蜚语满天飞，都是父母替我承受着。直到姐姐告诉我这些事情，我才知道，我的任性，又一次把父母推入险境。他们从未跟我讲过这些，总是说一切都好，你照顾好自己就好。

也就是那时候，我才明白父母的不易，他们所承受的压力是我的一百倍，包括亲戚朋友都在背后不停地指责我不懂事。不懂事又如何，他们从来都如此看我的，不是吗？

就在那天，我发誓，我一定要过好自己的日子，过成人人羡慕的样子。

跟我一起长大的几个女孩，也曾遇到和我一样的境遇。后来在父母的逼迫下全部妥协了，与相爱的人分开，嫁给了当地的男孩，很快成婚。

我一直感谢我的父母，他们虽然没有太多的文化，但是愿意为了我的幸福与世俗对抗。

很长一段时间，我对于高额彩礼深恶痛绝，写过很多关于高额彩礼下的悲剧。可这一切依然没有改变，新闻上不断爆出因为彩礼问题，杀人的、打架的丑闻。

很多人提到我们的家乡第一句话就是，听说你们那里的女孩很贵，娶不起。不过几年的时间，彩礼已经涨到了二十万元，这样的恶习还在延续着。

谁家女儿出嫁彩礼太少，依然被很多人津津乐道，流言蜚语不断。

我渐渐长大，妹妹们也开始到了谈婚论嫁的年龄。作为家人，我才明白，彩礼意味着什么，也渐渐明白，这个地方为什么彩礼水涨船高。这背后的原因，不光是因为观念，还有贫穷，更重要的是，女孩太少，娶不到媳妇的男孩越来越多。

我再也说不出任何指责的话，开始理解每个人活着的无奈，佩服父母的英明。

结婚不久，公公婆婆又回到了新疆，家里只剩下我们两个人。

我们每天睡到自然醒，在家里一起做饭。中午的时候，在村子里溜达；下午的时候，躺在院子的长椅上晒太阳；晚上一起窝在沙发上看电视，深夜相拥而眠。

岁月静好，时光停止。即使是冬日，也不觉得冷，反而很暖。生活安静极了，美好的让人不忍破坏。

王鹤允总是不断地喊我"老婆"。

他经常说："启儿，我们真的结婚了。"傻傻的样子可爱极了。

在家里待了不久，我们决定重新开始工作，把这美好的岁月封存。锁上家里的大门，我们乘着大巴车来到了西安，在车上他伸手臂搂着我，我靠在他的肩膀上。

冬天的阳光照进车子里，我们沉默着，心紧紧地挨在一起，想象着以后的美好生活。

王鹤允退掉了自己的房子，搬到了我的小屋，我们开始了蜗居生活。

因为结婚的缘故，我们的工作都丢了，只能从头再来，而找工作的日子，辛苦而艰难。

回家看到他的时候，心变得很安稳。我那颗不安分的心渐渐落地，再也没有想过外面的世界，只想与他就这样，一天又一天地老去。

找工作并不是很顺利，我们开始频频碰壁。学历、经验，这些我都没有，我才知道不读书失去了什么，失去的不光是大学生活，还有人生的更多可能。

王鹤允说："人生就是这样，有得有失。若是你上了大学，我们便没有任何可能，所以这样选择未必是错。"

他总说我自私，而他又何尝不是。只是这一切都不重要了，重要的是我们在一起了，只能咬着牙前行。

他们家里很有钱，这好像和我们一点关系也没有。我们依旧在蜗居，依旧穿着廉价的衣服。每一次公公表示要接济我们，王鹤允总是想方设法地拒绝。

这样的王鹤允反而让我更加喜欢，成家了，是该靠自己，而不是靠别人。

在经历很多次拒绝之后，我决定再次回去卖衣服，这样至少生活有保障。王鹤允的工作比我还不顺心，每一份工作都不能长久。

我看着他的时候，总是会莫名地发脾气，他整日拿着手机玩游戏、看电子书。

我跟他谈了很多次，他总是不耐烦。我用微薄的工资支撑着我们的生活，无数次地在想，我用尽全力争取到的婚姻是否值得。

他的沉默让我觉得更加烦躁，看着他不求上进的样子，想死的心都有了。

一个人在大街上晃悠，身边没有朋友，没有亲人。这样的境遇更不敢跟家里人说，只能自己独自承受着。

生活好像在重复，所有的一切都变得毫无意义。

我已经很久没有写过文章，为了生活努力工作着，一切都毫无改变，依然蜗居，入不敷出，生活也没有因此变好。

那一年我22岁，人生还没有开始，好像就结束了。

这样的生活一直持续了半年，他的工作才开始稳定。两个人一起工作之后，生活宽裕了不少，争吵的次数也变少了。

我开始理解"贫贱夫妻百事哀"的道理，心中生出了一个念头，赚钱，赚很多的钱。可能只有这样，我们的生活才会变好。

王鹤允工作之后，我们的生活里渐渐有了光亮，他的心情也跟着好了不少。

他会在下班之后，来我上班的地方接我。跟以前一样，站在门口等我下班。只是那时候，我上班的地方离我们住的地方很远。

他会乘着公交车来，接到我之后，和我一起乘着公交车回去，风雨无阻。很多人羡慕我有这样的老公，听到他们的羡慕，我内心窃喜，好像一切又都值得。

这可能就是婚姻，有争吵、有幸福，只要相爱，一切又都可以化解。

我问王鹤允："你说，你会出轨吗？"

他说："我不会。"

他反问我，我说："我不知道。"

他瞪着眼睛看着我，说："我就知道，你的心从未安定下来。"

我说："有时候，我不知道，人为什么要结婚。"

他说："这是承诺，承诺与你白首不相离。"

我说："只要我还爱你，我就不会出轨。"

"你总是这样，从不愿给我安全感。"

看着他表情凝重，我摸了摸他的脸说："我骗你的，我这一生最想要的就是择一人而终老。"

他这才笑了，生活再次恢复正常。在不缺钱的每一天，我们都是幸福的，两个人像小孩一样，吃喝玩乐。

每一次发工资都要出去挥霍，在没钱的时候，在家下挂面。

他说："我们这样是不是太傻了？"

我说："及时享乐，也是一种不错的生活态度。"

他就会同意我的说法。

在下一次没有钱的时候，两个人就会信誓旦旦地说，一定要学会理财、学会规划，这样才不会出现这样的窘迫。

这样的话说了无数次，一次也没有遵守，依然会在发完工资之后，吃喝玩乐。

王鹤允说："你看我们真是天生一对。"

我说："还真是。"

这样简单而平凡的日子，过了没多久，出现了一个意外，我竟然怀孕了。

这让我们一下子变得无措起来。

我说："我不想当妈妈，我还没有玩够呢！"

他说："那我们就打掉吧！"

就在我们商量要打掉孩子的时候，婆婆来电话，话里话外都暗示我该生孩子了。我只得把这个消息告诉她，电话里听到她欢快的声音。我不敢告诉她，我不想要这个孩子。

我的父母，他的父母，一遍又一遍地打电话，叮嘱我照顾好孩子、照顾好自己。

婆婆在知道我怀孕的第二天，从新疆赶了回来。

我们只得接受了有孩子的事实，在我们还是个孩子的时候，当了父母。孩子的到来，我们并没有觉得开心，只是觉得，天哪，有了一个大麻烦。

只是我不知道，多年之后，我多么感谢今天的决心，让我有那样一个可爱、聪明、懂事的宝宝。

早孕对于当时的我来说，简直糟糕透了。一直到我开始工作的时候，孩子已经长大，我才感谢我今日的决定。成家立业，原来真的是有道理的。有了家，有了孩子，你才可以肆意去做任何事。

21. 年轻女孩的出现

这个意外到来的孩子，让家里每一个人都很开心。

婆婆放下所有，风尘仆仆从新疆赶回来照顾我。公公再三告诉我，辞掉工作，在家静养。父母更是天天给我打电话，叮嘱我各种事情。

我无法体会他们的兴奋，也无法体会他们的快乐，整日忧心忡忡，不知道以什么样的心情去迎接这个孩子。

王鹤允倒是很快接受了有孩子的事实，兴高采烈地跟我商量孩子该叫什么名字。

我辞掉工作之后，整日待在出租屋里，吃了睡，睡了吃，肚子还是平平的。我无法相信里面有个小生命的存在。无聊的时候，我开始看书，各种各样的书，历史、佛学、情感小说。

有时我一个人无聊，又一次拿出本子，开始写故事、写日记。

怀孕好像和平时并没有什么区别，我没有任何不适，只是喜欢睡觉。王鹤允一有时间，就窝在家里陪我，或者送我回老家。

我会在老家住上些日子，婆婆每天不是做鱼就是炖鸡。我吃得都快吐了，以肉眼可见的速度胖了起来。

王鹤允很忙，所有的产检都是婆婆陪我一起做的。看着为我忙前忙后的老人，忽然觉得，这个妈妈和我的妈妈并无区别。

故事里的婆媳大战并没有出现，我们相处得很好。

有很多人以为她是我娘家妈妈，偶尔我们也会一起逛街，为孩子添置一些必需品。看着她快乐的样子，我尽可能地依着她，买什么样的衣服，全部按照她的心意。

和婆婆在一起的每一天倒也很潇洒，她会帮我做好饭，看着我喝掉汤吃完肉，才会心满意足地离开。

我留在家里收拾碗筷和房子，她去找人打麻将。吃饭的时候会准时回来帮我做饭，有时跟我讲一些村子里的八卦。要是哪天她赢了钱，就会很开心，会拿出几张给我。

我拒绝的时候，她会不开心，我只好收着。

整个孕期，我在家里住些时日，又去王鹤允身边陪他一段时间。

很神奇的是，我并没有出现孕吐，只是整天吃不饱，一天至少吃六顿饭。一直到四个月的时候，我的肚子才大了起来。

这就是我婚后的生活，平淡无奇。

有孩子之后，王鹤允变得更加温柔，每天晚上总是拉着我玩猜猜猜，看我肚子里是男孩还是女孩，像谁，又拉着我给孩子起名字。

我们在一张纸上写满了名字：王致远、王美丽、王可爱。搞笑的、文艺的、诗意的，可是没有一个满意的。

在这样的生活里，我变得越来越胖，脸上出现了斑点，与他站在一起极其不相称，看起来又高又大又老。我内心变得敏感脆弱，总是不停地问他："现在的我是不是很丑？"

他总是笑着说："你在我心里最美。"他每天下班之后，都会早早回家，陪在我的身边。

即使这样我也毫无安全感，我发现他回家之后，经常背着我接电话。电话里是个女孩的声音，我问过他很多次。他说："同事，工作上的事情问我。"

这让我更加不安，我开始变得神经质，总是偷偷地查他的手机、他的QQ。而在他的QQ空间里，经常出现一个女孩的访问记录。

聊天记录空白，在他通话记录里我看到那个女孩的名字张婷。女孩年龄很小，白净、可爱，与我是完全不同的类型。

每一次我问他和她的关系，他总是说："你不要这样神经质，我有没有一点空间，你不要再翻我的手机，我什么也没做。"

"需要每天下班打电话吗？"

"朋友，随便聊聊而已。"

"你们聊什么？我陪你聊。"

"神经病！"

在回答不了的时候，他最爱说的一句就是神经病。

我坐在床头哭，他变得很不耐烦。我拉开门离开，他从不阻挡。

我又一次一个人站在大街上，这种绝望，让我明白父母的苦心。我记得爸爸曾经说过："远嫁，你无亲无故，有事的时候，没有人在你身边，你可怎么办？"

当时我信心满满地说："不会的，我会过好生活。"

事实上，过好生活哪有那么容易。

我站在街道里，想打电话给谁，电话翻了许久，竟没有一个可以说话的人，父母不行，朋友也不行。

我义无反顾选择的路，只能再咬着牙前行。

肚子咕咕叫，我知道肚子里的孩子又饿了。我坐在路边摊上要了一碗馄饨，馄饨放在嘴里只觉得苦，好像什么味道也没有。泪水顺着脸颊流淌。

做馄饨的大妈看着我说："孩子，吃完饭，赶紧回家，有了身子，不要乱跑，夜里凉。"

我看着脸上写满风霜的大妈说了一声谢谢。

就在我准备回家的时候，王鹤允打电话给我："能别闹了吗？赶紧回来。"

我说："好。"

我又一次灰溜溜地回去了，因为我发现，我无处可去，最重要的是，肚子里还有一个人。

我无法去做任何决定，我需要把他生下来，哪怕以后没有王鹤允，这世上至少还有需要我的人。他会爱我，我也会爱他，他会陪着我一起变老，有了他我应该不会再孤单了吧！

就在这时肚子动了，这是我第一次感受到他的存在。

孩子，你是不是听见了妈妈的声音。他又动了一下。

这是他来到我生命里之后，我第一次对他有了期望。

这可能就是生命的力量，在感受到孩子的存在之后，我又对生活燃起了希望。

王鹤允是我的，任何人休想从我身边夺走，除非我不要。

我回到家里的时候，王鹤允站在门口，看着我，轻声说："启儿，不要闹了，我只爱你。"

每一次他都是这样，自觉屏蔽带给我的伤害，可怜兮兮地过来道歉。我真是没有出息，一见他温柔的样子，就会缴械投降。

他过来抱着我说："启儿，我们好好的，好吗？"

我说："好。"

张婷还会打电话过来，王鹤允会应付两句，挂掉电话。

直到那天晚上，我躺在王鹤允的怀里跟他一起用手机看新闻。他的手机QQ不断地响，我抢过手机，看见张婷发来的信息。

"王哥，你在干吗，我失恋了，你可以出来陪我吗？"

我看着手机盯了好久，拿给王鹤允说："你的情人给你发信息。"

王鹤允把我再次拉到怀里，然后回复了几个字："不好意思，我在家陪老婆，没时间。"

然后转过头问我："满意了吗？"

我笑了笑说："这才像话嘛！"

"启儿，你要相信我，我生气不是因为你查我手机，而是因为你不信任我。夫妻在一起最重要的是信任，你懂吗？"

"知道了，你做什么都对，你让我伤心，你还有理了。"

"谁让你老公有魅力呢。"

"呀呀呀，你脸皮真厚。"

"启儿，有你在我身边，我觉得很幸福，所以你个小脑袋瓜子，一天少想点事情。"

"哪是我多想，是你不让我放心，好不好。"

"好好好，都是你有理，老婆最大。"

那天之后，张婷再也没有打过电话过来，后来听王鹤允说，那女孩辞职了。

我们的生活再次恢复了平静，原来婚姻不光有爱就够了，还要有抗拒诱惑的能力，还要有信任对方的信心。

很幸运第一次遇见这样的情况，我们安全度过。

其实我并不知道，王鹤允和张婷之间有没有故事，他是否对那个女人动过心。但这些都不重要，重要的是，王鹤允还是我的老公，他还陪在我身边，跟我说，我爱你，我想这就够了。

那天，我在QQ空间写下这样一句："感情靠的不是索取和占有，应该是相信和付出，只是这世间很多人都做不到。"

很多人在后面留言，我记得最深刻的是一个男孩说的："信任是基本，没有信任的情感，只剩下怀疑、痛苦和怨念。"

我们这段时间不就是这样，就在那天，我下了一个决心——信任他。

很多人问我相信爱情吗？我说信，要是我和王鹤允不能一辈子，我就不信了。

我看见问我的人笑了，那笑里藏着一句："你真是天真得有些傻。"

傻又何妨，在爱情里谁又不是傻子呢？

22. 不会当妈的妻子

很多人都说婚姻是爱情的坟墓，我现在才渐渐体会到这句话的含义是什么？爱情里不光是有爱就够了，还要有钱，还会面临各种家庭琐事，包括外界的诱惑。

我们能做到从一而终吗？我们有能力处理好这一切吗？

还没等我想明白这一切的时候，孩子就出生了。

我在产房里疼得死去活来，整整三天，孩子才出世。听见他哭的时候，我也哭了。

医生把他放在我的身边，他睁着大眼睛盯着我，眼睛漆黑发亮，眉毛眼睛都像极了王鹤允。

这就是我们的孩子，看着他的时候，并没有太多的情感波动，只是觉得好奇怪，我的肚子里竟然一直藏着一个小孩。

他很乖，安静地躺在我身边。我们被推进了观察室，身体像是被掏空了一样，没有一丝力气。

我们娘俩，你盯着我，我盯着你。

半个小时之后，我见到了站在门口一脸焦急的王鹤允。看见我们出来，他跑过来握着我的手说："老婆辛苦了。"

我看见王鹤允"哇"的一声哭了，"老公太疼了，我这辈子再也不要生孩子了。"

他说："我保证，我们不生了，不生了。"

后来很多年，每一次家里人催我们要二胎的时候，他总是一脸冷漠地说："我们有一个孩子就够了。这件事不要再提了。"

他用自己的方式爱着我，我想这可能就是婚姻里细微的幸福吧！

婆婆抱着孩子一脸满足，我哭着哭着觉得好困。

等我醒来的时候，已经回到了病房。王鹤允正忙着给孩子烫奶粉，婆婆抱着孩子，在床边转来转去。外面有人放烟花，听着很热闹。

我问王鹤允："今天几号。"

王鹤允说："今天元旦。我们的孩子出生在新年第一天。"

"已经元旦了，好快一年又过去了。"

婆婆见我醒来，一边帮孩子喂奶一边对王鹤允说："你快去给启儿买点吃的。"

王鹤允摸了摸我的头，说："你再睡会，我已经给爸妈打过电话了，你放心。"

"嗯。"

可能生孩子耗费了大量的体力，我躺在床上迷迷糊糊又睡了过去。

孩子的到来对我的生活好像没有太多的影响。王鹤允和婆婆更多的时间都围着孩子在转，我一个人躺在床上，无聊至极。

对孩子也没有太大感知，他不是在哭，就是在拉屎尿尿，要么就在睡觉。

突然就当妈了，很惶恐，我要怎样当妈？没有人告诉我，我也懒得想。大多数时候，我都在睡觉，孩子哭的时候，王鹤允会叫醒我给他喂奶。

在医院住了三天之后，我们回到了家里。因为添了孩子的缘故，每天来来往往的人很多。他们看着孩子，有说有笑，不停地夸赞孩子长得漂亮。

这些人我一个人都不认识，但是他们对我热情至极，像是我们已经认识许久，我疲于应付的时候，就窝在床角装睡。

那些日子不能出门，不能下地，只能躺着。有时悄悄拿来一本书，在无聊的时候翻阅，婆婆看见的时候，总是叮嘱我不要看书，对眼睛不好。

我放下书，又开始写日记，那些日子也不知怎么了，心情很低沉。总是回忆起以前，想起很多人。

我开始写关于我和他们的故事，一个月的时间，我什么也没干，写了厚厚的一本故事。

王鹤允说："你的文字缺少希望。"

我说："这就是我的人生。"

他看着我说："你该多拿出一点时间来照看孩子，而不是为赋新词强说愁。你是个妈妈。"

我愣了一下，他好似说得对。

我转过身看孩子，他躺在我身边咿咿呀呀的，偶尔发出笑声，甚是可爱。

王鹤允说："你说你抱过孩子几次，你该长大了。"

我说："我还是个孩子，我没想要孩子，是你们家里人要的。"

王鹤允不可置信地看着我说："你简直不可理喻，他是你的孩子。"

婆婆不知道什么时候进来的，看起来她听见了我和王鹤允的对话，没有说话，又转身出去了。

后来很多天，我和王鹤允都没有说过一句话。

他每天忙着照顾孩子，我每天无聊的时候看书、写字，没有缘由地哭泣，甚至对活着都失去了信心。

妈妈就是在这个时候来我家的，她过来之后，我的生活渐渐热闹起来，每天和妈妈聊天，一起逗孩子，心情好了不少。她会给我做任何我想吃的食物，我和王鹤允的冷战因为妈妈的到来暂时缓解。

孩子满月的前夕，公公从新疆回来了，为孙儿筹办满月礼。来了很多人，外面很热闹，我的房间里不断有人出入，孩子被抱出去，又被抱回来，整整闹了一整天。

满月礼结束那天妈妈就回家了，我的生活又恢复了寂静。

孩子比刚生下来长大了不少，我抱着他的时候，他就会停止哭声，看着我笑，胖嘟嘟的样子，好可爱。他有了自己的名字，王元。在家里的时候，每个人都叫他毛蛋，叫他王元的时候，他从来不理。

他会笑了，他笑的时候，我也会跟着他莫名地笑。跟他相处的时间越久，心变得越柔软，可能这就是当妈的感觉。在无意识中，我跟他的互动越来越多，也越来越喜欢看着他，逗他笑，跟他玩。

王鹤允说："启儿，你越来越有妈妈的样子了。"

我说："这种感情真奇怪，我每天看着他就会很开心。"

晚上我喜欢把他抱在怀里，挨着他的小脸睡觉。跟他在一起的每一分钟都很安心，刚开始的那种患得患失渐渐消失。

孩子满月的第二天就是春节，我终于走出了房间，抬起头看看外面的太阳，有些刺眼。怀里抱着一个孩子，穿着一套棉服，没有一丝少女的气息。

公公和老公忙着挂灯笼，婆婆忙着准备年夜饭，我坐在院子里抱着孩子发呆。

这就是我的新生活。

在除夕夜里，公公跟我说："年后让王鹤允跟我去新疆发展，你和你妈在家里带孩子。"

我说："好。"

王鹤允看了我一眼，没有说什么。

那天夜里，王鹤允问我："你是不是不高兴？"

我说："没有。"

他说："爸爸给我在那边安排了工作，赚的能多一点。"

我说："好。"

他说："等儿子过了百天，我回来接你，我们一起去。"

我说："好。"

他说："你有什么想法说出来。"

我说："没有。"

我转过身假装睡了，心里突然很难过，不知道是因为他要离开我，还是因为我只能做一个在家看孩子的妈妈。

正月十五刚过，王鹤允就收拾了行李，跟着爸爸去了新疆。

我站在西安的车站送他，他看着我说："照顾好你和孩子，我会回来看你的。"

然后他头也不回地走了，丢我一个人站在原地。

手机响了，我收到他发给我的信息。

"老婆。照顾好自己。我知道你舍不得我离开，可是我们还要生活，我希望我可以赚钱养活你们娘俩。有了孩子之后，我们就有了责任，不能只顾自己。爱你。

23. 两地分居的生活

婚后的生活，和我想象的完全不一样，这让我非常失意。

在我还没有完全适应妻子的身份的时候，我就当了妈妈，在我还不知道怎么当妈妈的时候，我的爱人离开了我去了远方，留下我和孩子两个人在家里。

我开始了全职妈妈的生活，晚上起来几次给孩子喂奶、换尿布。在他哭的时候，给他唱歌谣，哄他睡觉。有时候，他半夜醒来不睡，我陪着他玩。

月亮圆了又缺了，我的生命像是失去了所有的价值，只剩下在家做饭、洗衣、看孩子。

与所有人断了联系，包括我的朋友。把自己放在自己的世界，不想和任何人接触。

父母有时候打电话过来，我总说一切都好。他们说："看好孩子，女人结婚之后，家最重要。"

我说："知道，一切都好。"

与婆婆的相处倒也和谐，她每天出去打麻将，家里只剩下我和孩子。除了陪孩子，我就躺沙发上看电视，或者给王鹤允打电话。

电话那边常常无人接听，我会持续不断地发短信给他，直到他打电话过来。我们已经三个月没有见面了，说好的，等孩子百天之后，我就去工作。

后来家里人说，"希望孩子断奶之后，再工作，对孩子比较好。"王鹤允妥协了。

那天晚上，我们产生了剧烈地争吵，他指责我不懂事。

我觉得他欺骗了我，永远站在他们家人那一边。说着说着电话就挂了，好些天都没有联系。

我待在家里，看着孩子，烦躁极了。他哭的时候，甚至不去管他。婆婆心疼地抱着孙子，看着我问："孩子哭了，你也不知道管管。"

我转过身回了房间，婆婆还在说什么，我一句也不想听。

那天晚上，我收到王鹤允的电话，他好像喝酒了，一遍一遍地叫着老婆。

他说："我没有一天不在想你和儿子。"

他说："启儿，是我不好，你别生气了，我只想多赚点钱，让你们过得好一点。"

他说："沙漠的工作很辛苦，荒无人烟，晚上只能睡在车里。白天烈阳如火，只要想到你们，我就又能坚持下去了。"

他说："这里太苦了，你别来。"

他说着说着就哭了，那天他刚好结束一个工程，回到乌鲁木齐。

他说："老婆，睡在床上真幸福，你要好好的，我快回来了。"

他说："你要是无聊，就回老家吧！去看看爸爸妈妈，我明天发工资，给你打钱，你给家里买点东西。"

第二天，我收到王鹤允打给我的一万五千块钱。他说："我所有的钱全给你，你想买什么都可以。"

原来生活里每个人都有自己的无奈，之所以和爱人争吵，之所以孤独，都是因为没有人真正理解我们。

他好像就是那样长大的，有了孩子之后，瞬间成为一个男人，有了男人的担当。

我决定好好带孩子，他是我和王鹤允爱情的见证，是我们的未来。或许我也该长大了，那晚我想了很久，关于孩子，关于生活，关于未来。

早晨起床，我跟婆婆说了要回娘家的事情。婆婆说："好啊！"

随后掏出来一千块钱给我说："给你到县城买点衣服，再给家里带点礼物。"

我接过钱看着婆婆，说："谢谢妈！"

她笑了笑，说："快去吧！孩子我来带。"

已经多久了，我没有出过门，应该有四个月了。

我站在镜子旁边看着自己，怀孕时候的富态形象已经不见了，消瘦，双眼无光，皮肤无光，头发干枯、毛糙。用一个词语形容就是：苍老。那一年我才23岁，正是风华正茂的时候。

在衣柜里翻了半天，都没有合适的衣服，最后随意拿了一件卫衣套在身上，出了门。

我已经很久没有逛街了，也已经很久没有和外人说话了。语言功能好像都在减退，大多数时候，都在沉默。

县城不远，坐大巴车大概二十分钟左右。

我看着窗外的田野、远处的山、路旁的树，原来外面的世界这么美。我想起自己曾经的梦想：浪迹天涯，写书为生。而今连家门都出不来，何谈浪迹天涯呢。

为了这样的生活，不顾一切值得吗？我不知道，心中有一个声音告诉我，路是你选的，你要自己负责到底。

是啊！路是我选的，无论是苦还是甜只能靠自己。

　　我回家的时候，已经傍晚，好久没有这样属于自己的时光了，我都快要忘记自由的感觉是什么了。

　　买了新衣服，剪掉了长发，顺便给父母也买了礼物，才依依不舍地回到家。刚进家门，就听见王元撕心裂肺的哭声，顾不上整理东西，就扑过去把他抱在怀里。

　　他看到我，头向我怀里蹭了蹭，哭声停止。原来他不想吃奶粉，饿得大哭。我抱着他的心出现一丝波澜，那种感觉应该是心疼。

　　这就是母爱，无论你是否准备好做妈妈，只要你有了孩子，你就具备当妈妈的能力。抱着他的时候，我突然觉得心安。

　　我才明白今天在逛街的时候，心中总觉得空荡荡的缘由。原来是因为想他，没有他在身边。

　　我一直不知道，我和孩子之间的关系，此时我明白了，他已经成为我生命里不可或缺的部分。我爱他，而且很深，只是不懂如何去爱。

　　从结婚到现在是我第一次回家，已经许久没有见过父母了，听见我要回家的消息，父母听起来很开心。我拉着皮箱，背着包，抱着孩子，回娘家了。

　　一路上手忙脚乱，背着他去厕所，差一点把他掉进厕所里。

　　我抱着他哭，他吓得大哭。那时候我很想王鹤允，要是他还在，我会不会不用这般辛苦。

　　而此时的他在沙漠里正接受着骄阳的考验，或许他也在想念我们。

　　我把他拥在怀里，上了车。人总要学着长大，人总要学着一个人生活，学着自己面对生活。

　　曾经的我再次活了过来，和王鹤允在一起的日子，我已经忘记曾经的自己是那般坚强勇敢，而今却因为他变得矫情无比。

人一旦开始接受现实，生活也会变得更加顺畅。

有人说为母则强，当我意识到无比爱他的时候，我学会、明白了什么是责任，也开始理解王鹤允为何离开。从那天开始我承担起了照顾他的任务，并且在这样的日子里找寻快乐。

他会笑了，会翻身了，会坐了，会跟人抢东西了。我常常打电话给王鹤允，不再那么想要离开孩子。

我很感谢当初的决定，让我陪着我的孩子一起成长，让他健康的成长。

回到家的时候，父母已经等在车站，看见我下车子，连忙过来帮我拉箱子、抱孩子、提包包。

这个我曾经做梦都想逃离的地方，我再次回来，却倍感亲切。这山、这树、这村子、这人，都让我觉得欣喜。

家还是那个家，蓝色的大门，砖头砌的围墙，满院子跑的小鸡，挂着杏子、李子、苹果、梨子的树，站立着。

我抱着儿子站在门口，仿佛看见那个手里拿着苹果坐在树杈的小女孩，她脸上挂着笑容，纯真无比。

妈妈喊了我一声："赶紧进来啊，愣在那里干吗？"

这就是成长，我已经不再是孩子，我的孩子，也在时光的流逝中长大。我成了母亲曾经的模样。

24. 产后抑郁

回家之后，爸爸妈妈看起来很高兴。

妈妈每天都变着花样给我做好吃的，爸爸上完工回来，就帮着带孙子，两个孙子围着姥爷。

他脸上整日洋溢着幸福的笑容，侄子已经三岁了，可爱，又懂事。喜欢趴在毛蛋跟前给他唱儿歌，两个人咯咯地笑个不停。

家乡的夏天没有西安那边燥热，待在房子里，像吹着空调一样。我在这里生活了二十年，第一次觉得原来我的家，是这般舒适，自在。

傍晚的时候，村里的婶婶们会带着孩子坐在门口的树荫下乘凉。大家围在一起说着家长里短，我推着孩子，坐在一旁静静地听着。跟我一起长大的伙伴，都去了远方，村子少有年轻人出现。

除了孩子就是老人，甚至连向我这样在家带孩子的妈妈都少见。

远处的夕阳慢慢落下，整个天都映成了红色，绝美。散落在各处的房子，冒着烟，充满着烟火气息。

时光变得很慢，我又一次成了那个十指不沾阳春水的公主，除了喂奶，孩子基本上都不用我管。

晚上会和王鹤允打电话，除了说吃了吗？孩子睡了吗？一切还好之外，已经没有共同话题可以谈论。

我好像已经记不起他的样子了，每一次，问他何时回来？他总说："快了。"

有时会梦见他，梦里总是会出现一个年轻的女子，她站在王鹤允身边。他像是不认识我一般，从我眼前走过。

醒来的时候，夜空繁星点点，月儿又圆了。

我已经在家待了一月有余了，婆婆每日都会打电话来询问孙子，我知道她想孩子了，又或许她是想让我回去了。

我决心回去，王鹤允说："回去也好，你去考个驾照吧！以后我们不一定有时间。年底的时候，我想买辆车。"

我说："好啊!"

我们已经不会争吵了，说话都客气有礼。

我常常怀念，我们争吵打闹的日子，怀念那些肆无忌惮的岁月，怀念初相识时的浪漫。

离家那天，我在柜子上面，翻开曾经写过的日记，整整几十本。

日记里写着父母争吵的情形，内心的痛苦。写着对未来的向往，朋友之间的小插曲。那些我已经忘记的名字，重新出现在我的记忆里。

纸张泛黄，极具年代感。包括初中曾经喜欢过的男孩，反复出现在我的日记里，那种暗恋的美好和青春的悸动，都被详细地记录着。

我坐在床上回忆，愣是想不起那个男孩的模样，还有关于我的青春。三个女孩的故事，流浪的故事，王子和公主的故事，笔调悲伤、忧郁。

在日记里我看到了一份遗书，写于高三那年。有一句是："活着毫无意义，生活到处都是围墙，你已经无路可逃，死亡才是你的归宿。"

还有很多泛黄的信，来自哥哥的、朋友的，还有喜欢我的男孩的情书。在信封里夹着一个生了锈的项链，项链上刻着一个字：杰。

它是喜欢过的一个男孩送的，大我六岁，高高瘦瘦，篮球打得极好。他曾经说等我长大他就娶我。

那是我第一次恋爱，这场恋爱持续了七天。

篮球赛结束那天，他送了我这个项链，我们在照相馆留下了一张合影。他来给我送照片那天跟我说："启儿，我要结婚了。对不起，你太小了，家里逼我，我没有办法，但是我爱的是你，以后你就做我妹妹吧！"

然后他就走了，我有一篇日记记录着当时失恋之后悲痛的心情。题目叫作：爱我的男孩结婚了，新娘不是我。

他离开之后，很长一段时间，我都很想他，曾经他带着我在篮球场上奔跑，带我去爬烈士陵园的台阶，我们一起去看南山背后的桃花，我们之间的故事很长也很短。

他算是我的男朋友吗？我不知道，除了离开那天他给我的拥抱，我们之间好像什么也没有发生过。

我们之间的故事从他离开之后，就结束了。

他再也没有出现过，一直到那年高三，我收到一封信，信里写满了对我的思念，此时的他已经是孩子的父亲了。而我又开始另一场暗恋，这个男孩比起杰更加英俊，更加有魅力。

这么看来，我真的像是王鹤允说的那样，并不是一个专情的女孩。

我的青春就是在这样一场又一场的暗恋中结束。

那晚，我回信给他，只写了一句话：既然你已经选择，以后请不要再打扰我，所有的一切全都过去了。

不知道他收到信是否会真的难过，但是我清楚地知道，我已经真的不爱他了。至于他是否真的爱过我，我也未再探究过了。

我一页一页翻着成长的故事，哭了又笑了，笑了又哭了。

这些曾经承载着我梦想的东西，现在对我来说，好像已经毫无用处了。我带着这些记忆，找了一棵大树，一把火烧了所有的日记，包括信、照片，还有那个项链。

把残留的灰尘埋在了大树下面，不知道这个大树以后会不会有关于我曾经的记忆。做完这一切，我抬头看着天空，天空飘起了小雨。

在我开始写作之后，我常常会后悔当时的行为，那些文字是我写作梦的源头。而那时，我是一个没有未来，没有希望，甚至不知道自己该干什么的全职妈妈。

梦想于我来说，仅仅只是一场梦而已。

那一把火对于当时的我来说是告别，一种告别过去极端的行为。在那一刻，我是轻松的，像是斩断了所有与过去的联系，重获新生。

告别了过去，告别了父母，我带着孩子，回到了我现在的家。

一路上孩子很乖巧，并没有哭闹，他像是知道自己的妈妈还没有学会哄他，所以很乖。

回到家里，我真的就报了一个驾校。每天风雨无阻的去学车。并不是我多喜欢车，而是在那里我可以看见人，听见除了我之外的声音。他们在一起打闹嬉戏，看着他们我觉得自己好像也年轻了几岁。

教练是个满脸横肉的男人，一直戴着墨镜。看起来并不好相处，其实他却很温柔，很有耐心。常常夸我聪明，有时故意安排我最后一个，让我可以有机会多开几圈。

没有王鹤允在身边的每一天，世界都很安静。

在家做全职妈妈的每一天，我都感觉自己在老去。我又一次开始偷偷吸烟，一个人躲在厕所里。

我并不知道为什么要这样，可是这生活总让我觉得虚无。

每一个夜晚都被寂寞包围，越来越多的晚上睡不着。失眠让我痛苦极了，我只能躺在床上看着房顶，一遍又一遍问自己，结婚的意义是什么？不论问多少遍，我都没有答案。

初冬的时候，身体也随之开始出现问题，手腕和脚腕莫名其妙的疼痛。我悄悄去了医院，医院告诉我说："植物神经紊乱，需要扎针治疗。"

我握着病历回家，在网上查了这个病，通俗来讲就是一种精神病，由于长期焦虑导致的。这件事情现在除了我和王鹤允没有人知道。

我开始给王鹤允打电话，让他回家，他总是说："快了，快了。"

我的情绪越来越焦虑，常常一个人哭，没有任何缘由。我没有去医院治疗，就那样一个人忍着，忍得很辛苦。

孩子已经八个月了，能站起来了。我抱着他，很害怕。我要是真的成了精神病，他以后该怎么办？

我不知道，只能寸步不离的带着孩子，试图走出家门，跟村里的人试着接触。

在人群里，常常有人跟我说："你好有福气，嫁了这么好的人家。你们那里是大山吧！听说特别穷，是不是嫁到我们这里比较好。"

我看着他们的脸，很想一拳上去。在他们的眼里，我一个农村的姑娘高攀了他们家，这些言语像是种在我的身体里一样，一点一点地长大，让我变得自卑、敏感。

这一切婆婆没有任何察觉，我们依旧相处得很好，她会教我做饭。我已经有了全职妈妈所有的技能：洗衣、看娃、烧菜、收拾房子。

一直到十一月，王鹤允也没有回来。

我终于受不了了，夜夜失眠，精神焦虑，身体不适，折磨得我快要疯了。我打电话给王鹤允："你快回来！"

他说："你怎么了？"

我说："你再不回来，你就见不到我了！"

他说："你又发什么神经。"

我说："我本身就是个神经病，你还不知道吧！"

他说："启儿，你要听话，我就快忙完了。"

我说："你要是真的不回来，我就走了。你永远别回来。"

挂了电话，我把那张诊断证明用彩信发给了王鹤允。

第三天早晨，天刚亮，我听见有人喊：妈，启儿，我回来了。

25. 远行归来的丈夫

王鹤允终于回来，他要是再不回来，我可能真的要疯了。

他进来的时候，我正在穿衣服，孩子就睡在我的旁边。他看着我笑，眼睛里闪着光。他瘦了，那张脸黝黑发亮，穿着厚厚的羽绒服，拉着皮箱。

他对着我说："老婆，我回来了。"

我看着他，亦是傻笑，说不出一句话。他过来坐在我的床边，摸摸我的头，跟刚认识那会一样，温柔而深情。

"你怎么了，傻了，不是天天喊我回来吗？"

我扑过去抱着他，边哭边说："你怎么才回来，你怎么才回来？"

他抱着我，吻了吻我的脸颊说："都当妈妈了，还像个孩子。"

还未等我撒完娇，就听见身边，咿咿呀呀的声音。转过头看见宝宝醒了，翻个身，趴着，眼睛盯着我们看。

我赶紧放开王鹤允，抱起他指着王鹤允说："爸爸。"

王元盯着王鹤允许久，咯咯地笑了，吐字不清地说："叔叔。"

王鹤允看着王元，笑哈哈地说："小崽子，我是你爸爸。"说完掏出一个棒棒糖递给王元，然后抱起他。

坐在我身边，指着我问："崽崽，这是谁?"

王元一边吃糖一边说："妈妈。"

王鹤允笑得更大声了，他看起来很快乐，又盯着王元说："叫爸爸。"

王元没叫，看着王鹤允"哇"的一声哭了，然后尿了王鹤允一身。

看着他们父子俩，我忍不住笑了。

这时，婆婆从门里进来，看着王鹤允说："回来了，累坏了吧!过来吃饭。"

王鹤允回来之后，我的心情好了许多，他带着我去县城买了很多衣服，帮我换了最新款的智能手机。

他说："启儿，以后，我再也不走了，我会一直陪着你和儿子。"

我说："好。"

那时候已经腊月了，天空中开始飘雪，很冷。我们在院子里堆雪人，玩雪。我把雪扔在他的身上，他指着我给王元说："你看妈妈坏蛋。"

王元看着王鹤允说："爸爸坏。"

在我们的小院里，时常会传来我们的笑声。严寒的冬日，我们坐在火炉旁边，烤红薯、煮羊肉、吃火锅。我们一起骑着家里的电动车上街买菜，他还是会把我包成粽子，只露出两只眼睛，把我的手放进他的口袋。我的脸贴在他的背上，拥抱着他。他会一边骑车一边唱歌，他会买我最爱吃的糖葫芦给我。

王鹤允说："启儿，有你在我身边，我才感觉生活有意义。"

我说："我何尝不是。"

我们的爱，在这样琐碎的生活里，变得更深。

他说："你要不要去看看你的病?"

我说："我曾经也经历过这样的岁月，就在那时你出现了，我会好的，我会努力生活，因为我还有你和儿子。"

他笑笑说："启儿，你是异常聪明的女孩，我相信你，我们会有美好的未来。"

在王元生日那天，公公从外地赶了回来，老公的姐姐也从外地赶了回来，家里热闹了起来。

我跟着婆婆一起帮大家做各种各样的好吃的，闲暇的时候，会上街购置年货。

生活简单而普通，他们家人对我极好，婆婆和公公总是悄悄给我零花钱。每一次我上街的时候，他们都会分别悄悄拿钱给我。

王鹤允说："我怎么没有，到底谁是他们生的？"

我说："王鹤允，谢谢你们，对我这般好。"

王鹤允一边笑一边说："自从你来我家，我的爱都被你抢走了。"

公公婆婆对我的好，让我渐渐地融入了他们这个家，心中的阴郁也因为他们的爱而化解。

王鹤允总是说："启儿，你笑的时候，真的很好看。"

王元过生日的那天，公公宣布了一件事，他决定退休回家。下午他从西安开回来一辆车，蓝色的轿车，抱着王元坐在上面。

我听见他说："毛蛋，这是爷爷给你的礼物。"

车子上写着我的名字，他把买车的手续全部交给了我，风清云淡地说："启儿，你收着。"

我看了看王鹤允，王鹤允冲我点了点头。

有一种感动在我心底蔓延，原来只要你足够好，你就会拥有一切。

和婆婆在一起的一年里，我们没有争吵过一次，她总是用各种名义给我零花钱。我们的关系不远不近，即使出现分歧，我也很少说，大多时候由着婆婆。

婆婆说："不要用纸尿裤，要用尿布，对孩子身体好。"

我说："好。"

婆婆有时埋怨，孩子着凉是因为我没有照顾好。

我也会点头承认。我一直记得妈妈曾经对我说的："婆婆公公是长辈，老人都要哄着，你处理好婆媳关系，日子会更顺畅，家和万事兴。"

所以，所有的事情，只要没有原则性的错误，我都选择尊重老人的意愿。

晚上，我会做好饭去她打麻将的地方喊她回来吃饭，她在众人羡慕的眼光里离开。我们的关系一直很和谐，没有出现婆媳大战，也没有出现任何争吵，更没有因为我来自农村，他们对我有任何怠慢。

在家里，婆婆在的时候，我和王鹤允尽量地保持距离。

王鹤允跟妈妈说话的时候，我就在一旁听着。这样的关系，让我们每一个人都很自在。

我努力做着一个妻子，一个儿媳妇，一个妈妈。

公公总是说："启儿，你有事就喊王鹤允帮忙。"婆婆也会喊王鹤允帮我洗锅、洗衣服。

王鹤允回来之后，一切都好像在变好。

王元一岁生日过了之后，我决定给王元断奶，打算来年跟着王鹤允一起去上班。

孩子被抱到了婆婆公公的房间，晚上听着孩子撕心裂肺的哭声，我也跟着哭。王鹤允抱着我说，慢慢适应了就好了。

我常常跟爸爸讲我的生活，他渐渐释怀，最常说的一句就是，只要你好就好，好好过日子。

有人可能觉得这样未免委屈，其实人心换人心是真的，只要你用心付出，别人是可以感受到的。

一年就这样过去了，我在新年来临的时候，重拾希望。是他们一家人给我的爱，让我对未来有了期待。

春节刚过，初二那天我和王鹤允决定回娘家。

公公婆婆也未出现任何不悦，叮嘱我回家多陪陪父母，手忙脚乱帮着我收拾王元的东西。

公公把一瓶珍藏的茅台放到车里，让我带给爸爸，又一次塞给我几千元，说回家给父母多买点东西。

这些细小的感动我都默默地记在心里，希望未来我有能力回报他们。

在以后的每一年过年，我们都是春节在家里陪婆婆公公，大年初二回我家看望父母。

每一次看见网上那些因为在谁家过年而弄得不欢而散的时候，就偷偷庆幸，我能遇见这样一家人，真是幸运。

王鹤允在我家里，比在他家里还要自在，整日跟在哥哥后面，一起出去玩。

他说："你们家里好热闹，我很喜欢。"

他身上没有任何公子哥的娇气，与我家里每个人相处都很和谐。

生活真的越来越好了，父亲终于不再担忧了，常常在外面跟别人吹牛，自己的女子多幸福。看着他们对我放心，昔日所有的一切全部都随着时间烟消云散了。

没有人再提起关于结婚时候的事情，每个人都因为我们幸福的生活，而衷心地祝福。

或许就是因为这样，在后来每一个艰难的岁月里我都选择坚持。我和王鹤允也因为这样和谐的生活更加珍惜彼此之间的感情，一路不离不弃，相互成长。

从老家回来之后，公公问我们两个以后要做什么。

王鹤允说："打算去西安闯一闯。"

公公说："那我给你们在西安买套房子，这样你们也方便。"

那时候我并不明白房子对我们来说意味着什么，骨子里的骄傲让我拒绝了公公的提议。

我说："爸，让我们自己闯一闯。"

王鹤允说："爸，让我们自己试试，钱您留着，不用为我们操心。"

公公笑着说："这个家里以后啥都是你们的，全部留给你们。不过你们年轻，想要去闯就去吧！"

我们就这样离开了家。

再一次回到了西安，不过一年的时间，我曾经住过的村庄，已经不复存在。

就连我最开始住的那个村庄，也已经拆迁。城市的进步带走了我们很多的回忆，我们只得重新开始找房子，找工作。

不过这一次，我们心中怀着未来，怀着希望。

有人问我结婚感觉如何，我想结婚之后，很快就会知道什么是责任，会更加努力。

那一天，我们站在西安街头，对着天空说："我们一定要闯出一个名堂，过上自己想要的生活。"

王鹤允说："启儿，你以后想要什么样的生活？"

我说："有属于自己的书房，看看书、写文章，养养花，旅旅游，有钱有闲，守着小家。"

他说："我会让你过上这种生活的。"

我苦笑了一下，问他："你呢，你想要什么？"

他说："我想要努力赚钱，让老婆过上自己想要的日子。"

那时候，我根本想不到，他说的这一切是真的。也不会想到，我真的可以拥有这样的生活。

"王鹤允你变了，啥时候变得嘴这么甜?"

"从有你开始啊!"

我看着他在前面奔跑的样子，发现他变了，变得成熟了，变得更好了。

26. 看不到的未来

　　我们重新开始了蜗居生活，挤在城中村一间三十平方米的房子里。无论白天、黑夜，都需要打开灯。在二手市场淘来一套桌椅，从很远的地方，叫三轮车拉了回来，买了简易的锅灶在这里安了家。

　　孩子不在身边的每一天，对我来说，都是一种煎熬。每一次听见孩子哭，我也跟着哭。

　　王鹤允说："我们好好努力，以后我们会永远不分开。"

　　我们向往着未来的生活，用尽全力努力着。

　　开始工作之后，我们都变得忙碌起来。人一旦忙碌，就会忘记很多事，生活也会变得简单。

　　在无聊的时候，一起在街道转悠，低声细语地聊天。看见好吃的东西，买回来，两个人抢着吃。

　　在休假的时候，一起坐车回家看孩子。

　　孩子已经会走路了，会说简单的句子。看见我的时候，会喊妈妈。我们带着孩子一起去小城，坐摇摇车、玩具小火车，听着他咯咯地笑。他已经成了我们生命最重要的一部分，无论在哪里，我们的心都在他的身上。

傍晚的时候，趁着孩子睡着的空隙偷偷溜走，心中满是不舍。

每一次回家，婆婆总会做一桌子饭菜，鸡、鸭、鱼，什么都有。公公从来不问我们工作的事情，永远只有一句话："你和王鹤允吃好、喝好，照顾好自己。"

我们看起来很忙碌，可是依然是月光族，每个月赚的钱，去掉开销，就已经所剩无几。这个让我们十分挫败。

我问王鹤允："我们会一辈子过着这样的生活吗？"

他说："不会，我会想办法的。"说这话的时候，他垂着眼角，皱着眉头。

我说："你有什么想法吗？"

他淡淡地回了一句："没有。"继续在游戏里奋战。

他总是这样，遇见解决不了问题的时候，习惯性逃避。我们每次谈论这个问题，都会不欢而散。

为了避免矛盾的出现，我们都故意闭口不谈这些东西，就那样生活着。

上班下班，月光族，看不到未来。好像每一天都很忙碌，又好像每一天都毫无意义。

回到家里，长久地不说话，他忙着打游戏，我在一旁看书，或者写日记。

有时叫他去逛街，他都毫无兴趣。

我会一个人在街上溜达，从一条街走到另一条街，坐在十字路口看着行人。下班回家的农民工，边走边打电话的白领，跟老公争吵的女孩，手拉手相互依靠的女孩。

不知道有没有人和我一样，内心孤独，戴着面具，隐藏在闹市之中，看起来与常人无异。

平淡的生活，总是让我觉得空虚。

我并不知道，我想要什么，只是觉得这不是我要的生活。

王鹤允说："你少看点书，可能会少想点事，总觉得你活在梦里。"

我不知道我是怎么回事，再也无法快乐。没有朋友，没有亲人，除了王鹤允，我什么都没有，甚至没有未来。

王鹤允说："启儿，有时候我觉得和你结婚是错误的，你属于广阔的世界，不属于家，让你活在这样的世界，所以你痛苦。"

我抱着他，躺在他的怀里问："允哥哥，你说，如果哪天我走了，你怎么办？"

他没有说话，抱着我的手，又加了一份力道。

生活拮据的时候，我们几乎不出门，煮面条吃榨菜，就那样过日子。

抱着他的时候，都能闻见他身上榨菜的味道。贫穷让我们只能彼此依靠，甚至连分开的勇气都没有。

无意间听见同事说："现在流行出国打工，一年能赚十几万元。"

我的心动了，出国务工，可能是个不错的主意，不需要高学历，不需要工作经验，也不需要你的家庭背景，只要你会干活就可以。

我兴高采烈地跟他分享这个消息，期望他和我一起去的时候，不料却遭到他强烈反对。

他说："我不去，你也打消这个念头。你不知道国外有多乱，你有命赚钱，是否有命花钱。"

"别人去怎么好好的。"

"别人我管不着，你是我媳妇，你不能去。"

我看着他说："我自己去，你可以不去。"

他看着我冷笑："我就知道，你想逃离，这才是你的目的，而不只为了我们的家。"

他说这句话的时候，脸上有深深的无力感，眼睛黯淡无光，嘴角下垂，眉头紧锁。

我想离开，他应该是说对了，他总是能轻易看透我。我没有回答。

他又说了一句："王元呢？王元是你儿子，你也能放下吗？"

说到王元的时候，我整个人一下子没有了力气。孩子，我能放下他吗？我问自己。

那件事之后，我也失去了所有的信念，每一天机械般地上着班，回了家，除了看书，就是躺尸。

对生活已经失去了所有的激情，活着就像死去。有时我在想，我会不会一生都这样活着，想着想着，就会变得烦躁。

一年的一半都过去了，夏天来了之后，房间里就像火炉，根本待不了。我们拿着凉席睡在楼顶。整个城市灯火通明，远处高楼一座挨着一座，挤满了城市。而我们只能窝在这样的地方像蝼蚁一样生活着，这样的人生有意义吗？

我问王鹤允："你觉得我们未来还有希望？"

他说："总会好的。"

我继续追问："你说说怎么好？"

他沉默，不说话。

每次他不说话的时候，我都极其讨厌他，不知道为什么，他什么想法也没有。对所有的事情都不关心，他曾经信誓旦旦地说，要给我和孩子未来。现在却成了这个模样，我不知道为什么？

他说："那你觉得我该做什么？"

我说："你应该想想怎样让我们生活更好，而不是整日打游戏。"

他说："想有用吗？有钱吗？有经验吗？"

我看着他的样子，从来没有觉得一个男人可以这样无能。脱口而出一句："你简直就是个废物，不能想办法吗?"

他冷笑了一声说："那你去找有本事的人吧! 何必找我，你现在就去。"

我们躺在楼顶的凉席，中间离了一尺远，对我来说像是隔着千山万水。头顶的天空黑漆漆的，没有一颗星，月亮若隐若现。

半夜的时候，我感受到王鹤允伸出手拥抱我。

我听见他低语："老婆，你说，为什么我们不能好好生活?"

我没有回答，继续装睡。他的头抵在我的背上，我感受到一丝冰凉，不知道是他的汗水，还是他的泪水。

早晨醒来的时候，他的一只手，紧握着我的另一只手。

争吵、对抗、和解，如此重复着，就是无法分开。

有人问我，既然痛苦，为何不分开? 我想了很久，说，大概是因为还爱着。

在那时候，我还不明白活在当下的道理，整日为了不确定的未来，折磨爱人，折磨自己。把自己置入泥潭之中，整日活在挣扎之中。

这可能就是婚姻。在婚姻里，我们没法什么都不想，我们肩负着责任，所以焦虑。我们又在责任中失去自己，所以痛苦。

27. 辞职创业

越来越多的时候，我并不知道，我是否爱着王鹤允。我们是两个完全不同的人，总是会产生各种各样的分歧。

我以为结婚之后，我们幸福地生活在一起，就这样过一生。现在看来，这个目标像是一场梦。

他总是问我："为何你不能简简单单地生活呢？"

简单地生活，就是现在这样的日子吗？蜗居在这里，冬天冻死，夏天热死，赚着刚好生活的微薄薪水？

他说："启儿，这是我们目前最好的状态，我们还有彼此在身边，我们还有爱，还有孩子。"

他总是这样容易满足，很多时候，我很羡慕他。

家里总是打电话过来问我们是否需要帮助，我们总会异口同声地说："不需要。"

我们坚持着自己最后的尊严，这一点上，我和王鹤允倒是完全相同。

他说："长大之后，我们就该自立，我们有多大能力，就过什么样的生活。"

我说："好。"

他一直跟我说："你要试着去交朋友，或许你的生活会不一样。"

就在这时，我遇见了柳琪，她比我年纪还小，是个阳光积极的女孩。老板让我带她，我便带着她，她做事极其认真，充满活力。

跟她在一起的时候，我常常觉得快乐。

我们一起逛街，一起在她房子里吃火锅，晚上睡在一张床上聊天，听她讲自己的故事。她跟着爷爷奶奶长大，父母常年不在身边，她大专没上完就出来工作，喜欢画画。

房子里全是她的画，美丽的女人，仰望的孩子，浩瀚无边的大海。她的笔调和她的人一点也不像，她的人看起来热情似火，她的画全是冷色调，让人觉得无助。

她说："我的人生我做主，以后我一定会过上自己想要的生活。"

她很美，是那种干净的美，眼睛明亮透彻，很会打扮。总是化着精致的妆，很喜欢笑，说话的时候，温柔地看着你。独身一人，在这座城市。

她喜欢叫我姐。她说姐是亲人，朋友只是朋友不够亲。

她像是一道光一样走进我的生命，我们两个搭配天衣无缝，有好几个月的业绩是全公司第一。公司里流传着我和柳琪的传说。奖金一个月可以拿到别人工资的两三倍。

我和王鹤允的关系因为经济状况的改变，也跟着得到了极大的改善。我试着不再要求他跟我一样，试着去享受这样简单的生活。

他说："启儿，你变了，这样的你很好。安稳的生活未尝不是一种选择。"安稳，这可能就是他要的全部。

而我总是欲求不满，这样的性子，经常让我们的关系变得紧张。他变得快乐起来，打游戏的时间都变少了。有时会跟我一起在外面逛街，在书摊上淘书。那一年，我喜欢上一个叫大冰的作者。

他书中的江湖，是我曾经向往的生活。原来这世界上真的有人过着你想要的生活，那么我呢，我能做到吗？

他总是说："大多数人，都是我们这样生活的。"

我说："可是我不想做大多数人，我想要不一样的生活，我想要我心中的生活。"

他说："启儿，我知道。"

我现在终于明白，他曾经说出无数个我不适合他的原因，可能他一开始就知道，我想要的生活，不是他想要的。

我经常问他："你说，我还有机会拿起笔写文章吗？"

他说："会有那一天的，只要你坚信。"

我和柳琪出去玩的时候，王鹤允总是很高兴。他说："这样很好，多和朋友在一起，你会想得少一点。"

我跟柳琪在一起时，她大多数时候在画画，我在一旁看她的漫画书。

她说："姐，你跟我遇见的所有人都不一样。总感觉你是双重人格，你工作的时候和平时完全是两个人。你安静的时候，我甚至感受不到你的存在，你工作的时候，我才感觉你活着，活力四射。"

我说："那么你呢？"

她说："姐，或许我们是来自同一座星球。"

我们很像，对的。我看见她总觉得像看见自己，我们是同类，所以在万千人群中，一眼就可以看见对方。

有了朋友之后的生活，变得多彩起来。

柳琪说："等我攒够了钱，我就去旅行，这一生要按照自己的意愿活着。"

她年纪很小，却活得很通透。我身后还有一个家，已经没有说这种话的勇气。

再后来，我渐渐明白，人活着就是这样，不断地妥协，在这样的妥协中不断去寻找继续活下去的希望。

时间过得很快，冬天来了。我们的房子如同一座冷库，有水的地方能够迅速结冰。我们靠着小太阳过活，一回家就窝在床上，电热毯开到高挡。

晚上跟儿子打电话，他已经会说很多话了，古灵精怪，在电话里咯咯地笑。

他的笑容让我们的心也变得温暖起来。他学会了叫我的名字，喊我启儿。

我说："叫妈妈。"

他说："启儿。"

我说："不叫妈妈，我要打屁屁了。"

他还是叫我："启儿。"然后笑得很大声。

隔着电话，我都能感受到他的快乐。我很想念他，甚至想念曾经陪在他身边的每一天。

公公说："或许你们应该回来，在家里做些什么，这样可以陪在孩子身边。"

王鹤允说："这可能也是个不错的选择，我们不能让我们的孩子变成留守儿童。"

我不知道，我只知道，我喜欢城市，即使这座城市与我无关，即使我要蜗居在这样的黑房子里。我依然喜欢城市，喜欢这里的灯红酒绿，喜欢这里车水马龙，拥挤嘈杂。

雪悄然无声地走进这座城市，这时我们已经结婚两年了。两年，真快。

我还记得我们结婚那天的情形，还记得我们初相识的样子。已经好几年过去了。我不再是十八岁的叛逆姑娘，成了一个在平凡岁月里老去的女人。

结婚纪念日那天，王鹤允晚上回来很晚。他又出去应酬去了，我已经懒得管他，很少问他跟谁在一起。也不再看他的手机，追问他的行踪。

他说："启儿，你变得越来越冷漠。"

我说："你不是说，婚姻靠的是信任吗？"

他不说话，转身睡去。他醉醺醺地回家，躺在我的身边，伸出双臂抱着我，不停地喊我名字。

每一次酒醉他都是这个样子，在这一刻，我才能感受到他还爱我。

他忘记了我们的结婚纪念日，我准备好一大堆质问，在他深情的告白里，全部消散。

或许这些形式不重要，重要的是他还爱我。在冰天雪地，相互取暖，身体与身体的对话，让心也离得好近。

那种完全的占有，肆意的侵略，温柔的抚摸，深情的吻，融化了冬日里所有的冰雪。十指相扣，相拥而眠，所有的烦恼随着美梦而消失。

是什么支撑着我们的婚姻，我想是爱。

没有爱，所有的一切都会变得艰难，我和王鹤允有太多的不同。唯一相同的应该是深爱彼此，曾经所有的伤害、对抗，在爱的魔力下都被化解。

也因为爱，我们一直选择坚持。

我们在这座城市奋斗了一年，好像什么也没有改变，除了又老了一岁。

年关将近，城里的人开始成批地离开。柳琪辞职了，她走的那天跟我说："姐，谢谢你一直陪在我身边，无论在哪里，我都会记得你。"

她送给我一幅画，画里的我坐在一张床上看书。侧脸，短发，唯美。

然后她就走了，我在这座城市唯一的朋友离开了我。老板重新给我安排了一个徒弟，高个子，胖乎乎的，很聒噪，很喜欢说话，嗓门很大。我很不喜欢她，她倒是对我极好。

柳琪走了之后，我对工作的热情也在消失，做销售整整一年，整日与各色各样的人打交道，让我觉得厌倦。当王鹤允再次提出回家创业的时候，我同意了。

我太想念我们的孩子了，那个突然来到这个世界上的天使，已经成了我的生命。看着他的时候，世界上一切烦恼都不存在了。只要可以陪在他身边，做什么都值得。

不知不觉中我已经接受了母亲这个角色，而且情愿为他做出任何改变。辞职申请递了上去，被打了回来。老板出现在我工作的地方，跟我谈了许久。

他说："你天生适合做销售，我打算明年升你做主管。以后前途无量，为什么选择离开？"

我说："家里安排了工作，那样照看孩子也方便。"

我们谈了许久，他离开的时候说了一句："如果以后，再回来，我随时欢迎。"

我放弃了升职加薪的机会，义无反顾的辞职了。告别了这座城，怀着不舍，回到了家里，开始我们的创业之路。

28. 世外桃源生活是场梦

人生好像就是这样，总有一段岁月是在浪费时间，没有成绩，没有方向，浑浑噩噩。在西安的这一年，仔细想来，什么也没有留下。

后来有人告诉我，这就是生活，不是我们所做的每一件事都有意义。也正是经历了这些没有意义的生活，我们才会不断去寻找更好的生活状态。

辞职回家之后，我才知道，这段看似无意义的日子，竟然是我人生中少有的岁月静好。

这一年是属于我和王鹤允独有的记忆，我们的生活里只有彼此，没有别人。那些平淡无奇的日子，都是最大的幸福。时间、情感、人，都只属于对方。

每一次的选择都伴随着各种各样的问题，关于未来的规划，我们需要整夜整夜地谈论。孩子躺在我们的身边，我们过上了三口之家的日子，也失去了经济来源和自由。

公公说："你们要是创业，我会全力支持。这是五十万元，你们拿着，去做你们想做的事情。"

同时他把一份买地合同一并交给了我们，他说："这是爸留给你们的，后面的日子，就靠你们自己了。"

三十亩地，五十万元，给了我们很大的勇气。

年少轻狂的我们，并不知道，想要做成一件事，并不容易。

我们做了详细的计划，三十亩地可以种葡萄。留出一块地盖厂房，厂房隔壁盖个小院子，作为我们的小别墅，以后可以开发出来做农家乐。

计划出来之后，我们拿着给公公看。公公说："你们两个决定，想做什么都可以。"

公公是个很有智慧的老人，很少参与我们的生活，很多决定他都交给我们去做。有合适的建议会提，从不帮助我们做任何决定。

决定种葡萄之后，我们从村子里找了二十个人，帮着我们在地里种葡萄苗。我和王鹤允跟着他们一起干活，12点回家，下午2点继续在地里奋斗。

王鹤允说："你看我们现在，是不是就是世外桃源的生活？日出而作日落而息。"

我说："还真是，我们是不是应该再养条大狗，到时候给我们看葡萄地。"

王鹤允说："这还真是一个很不错的主意。"

我们从狗场买回来一只棕色的虎头藏獒，特别可爱，圆嘟嘟的。刚出满月，比一只成年的猫大不了多少，起名毛毛。

在家务农的日子，虽然累，但也快乐。

我们吃完早饭，就去地里干活。王鹤允总是找各种各样的理由让我休息。他干活的时候很认真，甚至连水都顾不上喝。

我心疼他，他也心疼我。我们努力很久之后，选择了做农民，这让很多人费解。来给我们干活的人经常会问王鹤允，"大学生，你怎么不上班，回家种地？"

王鹤允皱着眉头，不说话，我只能替他回答这些大妈的问题，来满足她们的好奇心。

葡萄地旁边有两个十亩大的水池，一到傍晚就会有很多人过来钓鱼。我们坐在水池旁边抱着我们的小狗，带着我们的孩子，看着我们的江山，想象着我们的未来。

种地、开厂、发展农业成了我们的目标。为了跑到合适的项目，我们四处奔波。

原本打算在葡萄地里散养鸡，为此我们联系了鸡场，专门过去考察。

听完鸡场老板的讲述，我们果断放弃这个项目，太累，可能不太适合我们。就在这时，我在网上找到了一个项目，石磨面粉，健康、绿色环保的面粉，可以做自己的品牌。

我们为此商量了许久，决定去厂家看看。厂家在河北石家庄，我们安顿好家里的一切，和王鹤允一起出发去了河北。

那是我结婚之后，第一次出远门。

火车飞速前行，我靠在王鹤允的肩膀看着窗外。大山、城市、村庄，一闪而过。

王鹤允说："启儿，这样的生活，你会不会觉得太辛苦？"

"不会，你不是和我一样辛苦吗？"

他笑了笑说："现在的生活和我想的一点都不一样。"

我说："这可能就是生活，我们不一定会得到我们想要的。"

他看着我，一只手紧握着我的手："以后会好的，等我们足够有钱，你可以去做任何你想做的事情。"

"我们是夫妻，你说这些做什么。"

他笑了，"你没有发现你变了吗？我还能记得刚认识你的样子，像个小太妹，太过有个性。"

"你喜欢那样的我?"我仰着头问他。

他顿了一下说:"我都喜欢,只要是你。"

他不知道,现在的他也变了,变得温柔多情,不像之前那般霸道了。不过这些我并没有告诉他,躺在他怀里,阳光洒在我们的身上,很舒服。

到现在我还能记得那天的情形。这样的场景曾无数次出现在我的梦里,我和我的爱人,乘着火车去远方。

"允哥哥,以后我们也会拥有这样一起去远方的机会吧!"

他说:"会有的,会有的。路程还很远,你躺着睡一会儿。"

他把我的头拉着放在他的肩膀,另一只手抱着我。笑着看着我,小声说:"睡吧!"

我躺在他的肩膀上,做了一个长长的梦,梦里我找不见他了。我独自站在一片荒原里,天阴沉沉地,北风呼啸而过,我撕心裂肺地喊着他的名字,除了回音,一个人也没有。

我拼命地跑,拼命地喊,怎么也走不出这片荒原。寒冷、孤独、恐惧包围着我,就在我奔向悬崖的那一刻,我听见有人喊我。刚一睁眼,就看见王鹤允一脸焦急地看着我,"做噩梦了?"

"是呢!梦见我找不见你了。"

"傻丫头,整日胡思乱想。"

"你会哪天真的消失吗?"

"不会的,丫头,你知道,我只想要一世一双人的爱情。"

"一世一双人,真好。我们会一起很久吧!一起看着孩子长大,一起变老。"

"那样我们会不会太过幸福,别人会不会嫉妒?"

"可能会吧!"他笑哈哈地说。

车子速度慢了下来,石家庄终于到了。车子刚停,我们就收到厂家那边的电话，他们安排了车子，在车站接我们。

王鹤允说："你机灵点，要是情况不对，就赶紧跑，不知道会不会是骗子。"

我看着他那傻样子，大笑。"你呢，你不跑吗？"

"我等你回来救我。"

"我跑了肯定不回来救你了。"虽然开着玩笑，心里依然很忐忑，又想起刚才的梦，心里的忐忑又加深了一丝。

王鹤允紧握着我的手，出了车站。我看见一个戴着墨镜，穿着皮衣的男子举着写着我们名字的牌子，站在出站口。我转过去看着王鹤允说："怎么看着像黑社会，要不要现在就跑。"

王鹤允拉了我一下："来都来了，怎么也要去看一下。"

"我害怕，我这么貌美如花，真把我卖了怎么办？"

他拍了一下我的头说："放心，哥哥保护你。"说完他就冲那个墨镜男挥手示意，那个男人看见我们之后，收起手里的牌子，摘掉了眼镜，满脸堆笑地朝我们走来。

"王总，你好，我是绿康石磨面粉的经理，欢迎你们。"

王鹤允茫然地看了看周围，才知道，原来这个王总叫的是他。我跟在他后面偷偷地笑，这二傻子，比我还要傻！

29. 世外桃源的日子

　　我们所想的一切都没有发生，这家工厂真的存在。墨镜男姓杨，是这家工厂的经理，他带我们参观了他们的厂子，大大小小的石磨面粉机器，价钱从几万元到几十万元不等。我和王鹤允跟着杨经理，听他给我们讲石磨面粉的前景。

　　晚上我们受邀请和他们老板一起吃饭，饭店是一家高档餐厅。他们热情地喊着王鹤允"王总"。我坐在一旁，听着他们给我讲关于这款机器的使用，以及他们成功的案例，很是心动。

　　王鹤允从头到尾都很冷静，一直在说，我们还需要再考察考察。

　　杨经理并不着急，跟我们又说起家长里短，饭后，又贴心地把我们送回宾馆。

　　晚上我问王鹤允，觉得如何？

　　他说："还需要再考虑考虑，价格贵，不知道是否有市场。"

　　项目非常好，可是做起来并非那么简单。我们决心再考虑考虑，先不签订合同。

　　第二天，杨经理又带我们去了几家他们成功运营的面粉厂，厂子里堆满了小麦，还有刚生产出来的石磨面。老板浑身上下都是白色的面粉，就连眉毛、头发都白了。

王鹤允说："以后，我们也会变成这样，你要做吗？"

我沉入了思考。

我们在石家庄待了三天，白天跟着杨经理去考察，晚上在陌生的城市散步，这是一个和西安完全不一样的城市。

这座城市给人的感觉很静，很慢，很适合生活。

我靠着王鹤允的肩膀问他，"你喜欢这里吗？"

他说："喜欢。"

我说："你喜欢外面的世界吗？"

他说："我喜欢安定。"

我歪过头看他，他和我刚认识的时候完全不一样。那时候，他是热情的，充满希望。现在的他很冷静。很多时候，我都不知道他在想什么、想要什么。好像只要活着就好，没有任何欲望。

我问他："你在想什么？"

他说："什么也没想。"

"你觉得结婚好吗？"我继续问他。

他没有回答我这个问题，而是说了一句："我知道，你一直想要自由。"

我靠着他，没说话，继续在这条陌生的街道前行。这样的情形像极了我们刚认识的时候。

"你还记得我们刚认识的时候吗？"

"嗯，我们也曾这样肩并肩走着，你跟我表白，我拒绝了你。"

"为什么拒绝？"

他嘴角扯起一丝微笑："刚认识一天，就在一起，除了你没人觉得是正常的。"

看着他笑，我也跟着笑了。

天空突然飘起了小雨，世界变得朦胧了起来，很多人撑起了伞。我们继续在雨中漫步，享受这美好时光。

安静祥和，相互陪伴，什么都不想，就这样一路前行。

"如果没有遇见我，你会和什么样的女子在一起？"

"我没想过。"

"那你想想看如何？"

"我为什么要想，没有任何意义。"

"不是每件事都有意义，我让你想的。"

"你啊，就是想太多，所以整天不快乐，这样不好。"

"其实有你在身边，我很幸福。快乐是相对的，有你，我觉得很好。"

"我知道，你喜欢城市，喜欢外面的世界，想要自由，不是吗？"

"为了你，我愿意过任何生活。"

"我好像不了解你，启儿。"

"其实我也是。我一直觉得，我并不了解你，我从来不知道你在想什么，但是这些有什么关系呢，我们彼此相爱就够了。"

"我很爱你，启儿。"

雨还在下，我们的衣服被雨淋湿。

他拉着我说："你看我们这样是不是很傻，雨大了，我们该回去了。"

"是该回去了，我们好像已经好久没有这样好好说过话了。"

"是啊！很久了，我们已经在一起四年了。"

"四年了，时间真快。"

我们拦了一辆出租车，返回酒店。我靠着他，看着外面的城市，不知道这样的时光以后还会有吗？

他亦是看着窗外，不知道在想些什么。

明天该回家了，以后的生活不知道是什么样子，我在想。

　　车子已经停在酒店门口，我们一起下了车，回了酒店。刚到酒店，杨经理打电话过来，问我们考虑得怎么样。

　　王鹤允说："明天见面详谈。"

　　就在我们准备签合同的时候，公公打电话过来说，让我们先回家，不要着急决定，他那边还有一个项目，感觉也不错，投资相对来说较少。

　　我们和杨经理的合同没有签成，找借口说家中有事，先回去了。过些天再过来，付款、签合同。

　　他们并没有为难，安排车子把我们送到了车站。

　　我们一起踏上了回家的路程。

　　路上王鹤允问我："你想做这个石磨面粉吗？"

　　我说："感觉还不错。"

　　他说："以后可能会很辛苦，我很不希望你跟着我过这样的苦日子。"

　　他说得很认真，我听得很感动。我们之间的感情说不清是怎样的，有时候感觉很相爱，有时候又感觉只是相互陪伴而已。

　　回家之后，我们跟家里说了我们看到的、听到的、想到的。公公说："你哥这边有一个项目不错。生产一种外墙腻子粉，只用生产，不愁市场，你哥的工程需要很大的量，而且可以帮助你们联系客户。"

　　我们经过再三考量决定放弃面粉的生意，开始建厂，做外墙腻子粉这个项目。

　　关于产品的配方，哥哥已经拿给了公公，这个生意看起来很划算，稳赚不赔。全家一致通过，认为这个项目更有前途。

　　在接下来的半年里，我和王鹤允一边监督建厂，一边在地里打理葡萄园。早晨天一亮，我们便起床，带着我们的小狗，去地里干活，看着工人们建厂，提供他们需要的材料。

中午回家吃饭，稍作休息，再去地里干活。

晚上在家里看电视，陪着儿子一起玩。儿子两岁了，聪明伶俐，活泼可爱。

公公给我们的钱，随着厂房逐渐落成，葡萄苗越来越高，变得越来越少。整整一年，我们一块钱都没有赚到，整日忙碌，皮肤由白变红，由红变黑。

在村子里，我们没有相识的人，我们俩相互陪伴，彼此依靠，日子过得很辛苦。虽说很多活都是找人干的，但大多数时候，我们也跟着一起干，给葡萄上化肥，给葡萄苗打尖、修剪、除草、打药。

从没有干过农活的我们，学会了干农活，手变得粗糙，皮肤黝黑。可是想着厂房落成，我们可以赚到很多钱，葡萄丰收，我们就能买套房子，瞬间干劲十足。

这种理想中的世外桃源生活，亦有许多乐趣，我们亲手在厂房门口种上两棵柳树，在院子里种上一棵桂花树。我们在厂房旁边盖了一个小院子，专门用砖砌了一个花园，打算以后种满花，就住在这里。

雨天过后，厂房门口的池塘里蓄满了水，很多人在池塘里钓鱼。我和王鹤允挽着裤腿，在池塘里摸鱼，晚上回家熬鱼汤喝。

在地头留出了一块地，种上了西瓜、梨，看着它们一天天长大。

种在厂房门口的树长出了绿叶，花树开了花。有风的时候，我们带着毛毛和王元，在野地里放风筝，在乡间小路上奔跑。

他把野花插在我的头发上，喊我翠花，笑声不断。

下雨天，我们骑着电动车上街买菜，回家做火锅。边看电视，边吃火锅，窝在房子一整天都不出门。

　　我已经很久没有写过文章了，偶尔写写日记，都是家长里短。关于写作的梦想，已经渐渐遗忘。

　　不干活的时候，我们陪着孩子一起玩捉迷藏、枪战、搭积木、角色扮演。

　　阳光照在院子里，我们像是回到了童年，像个孩子，玩着小孩子才玩的游戏。

　　没有朋友，没有应酬，两个人时时刻刻在一起。

　　有时候，也会觉得寂寞。

　　我问他："你想不想你的朋友？"

　　他说："那些岁月已经过去了，我有你就可以。"

　　厂房落成的时候，已经快十一月了。我们终于完成了创业第一步，那晚我们一起畅想未来，期待着大干一场。

　　葡萄地一到冬天几乎没有什么活可以干，我们忽然就闲了下来。

　　本来打算立即投产的，公公说，马上就过年了，你们也歇一歇，我们开春动工。

　　我们在家里的生活，突然变成吃了睡睡了吃，像极了无业游民，常常有人问我们为什么不上班。

　　时间久了，为了躲避别人的追问，我们连家门都不出了，两个人长时间待在家里带娃。

　　人就是这样，天生要干点啥才行，闲下来的时候，很容易出问题。

　　在漫长的等待的日子里，我们都变得惶恐不安。之前对于未来美好的向往和那种充满希望的心态在逐渐瓦解。

　　家里的气氛变得凝重，他整日在家里看手机、打游戏。

　　而我也是百无聊赖，除了看娃、做饭，无事可做。

　　每一天都像是在浪费生命，再也没有心情陪着孩子一起玩。

　　冬天来了，天寒地冻，一场雪接着一场雪，让整个世界变得白茫茫的。小狗已经长成了一只大狗，看起来凶神恶煞，但是对我却极为亲昵。

我最大的乐趣变成了遛狗，它已经成年，身形巨大。很多人看见都躲的很远，我被婆婆再三叮嘱不准带它出门。

生活中唯一的乐趣也被扼杀，唯一的期望就是时间过得快一点，再快一点。

婆婆开始旁敲侧击跟我说，让我生二胎。

这对于我来说，简直是个噩耗。王元一个，我都不想带，何况再要一个。我还记得生王元时候的痛苦，那种撕心裂肺终身难忘。

我不知怎么回应，假装听不见。婆婆看起来极为不高兴，我一时间陷入两难的境地。这是我结婚之后，第一次和婆婆之间出现矛盾。

我以为我会处理好这些事情，不会让婆媳矛盾出现在我们之间，可是终究还是我想得太简单了。这世间很多矛盾根本就是不可调和的。

30. 人生而孤独

　　新年越来越近，村子变得热闹起来。而我的心里空荡荡的，这一年像是做了很多事，又好像什么也没做。

　　最重要的是我们没有任何收入，这让我和王鹤允非常失意。他经常什么也不做，躺在院子的长椅上发呆，或者一个人在葡萄地里转悠。

　　王元越来越大，家里因为有他，才不至于寂静。

　　因为二胎的问题，我和婆婆之间出现小小的嫌隙，往日的亲昵全无。我们之间的交流越来越少，这让我在这个家里极为难受。

　　在婆婆再一次说起二胎事情的时候，我回了一句，"你问你儿子去，他说不想要。"

　　婆婆的脸色变了又变，这是我第一次反驳她，也是第一次用这样的语气跟她对话。王鹤允就在旁边，脸色也极为不好。

　　我含着泪看着他，只听见他说："妈，我们的事情，你少管。我们不打算要二胎，我们不生，你别操心了。"

　　婆婆听见王鹤允说的这句话，突然就生气了，冲着王鹤允说："不要我管，就从这个家滚出去。"

　　她的喊声吓哭了王元，正在玩积木的他"哇"的一声哭了出来，她也未曾理会。

王鹤允说："妈，我们只是不想要孩子，你看我们现在这个情况适合要孩子吗？"

婆婆没有理我们，进了房间，一上午都没有出来。我抱着王元坐在院子里，王鹤允站在我的身边沉默着。王元看看我，又看看爸爸，又哭了起来。

我紧紧地抱着王元，觉得委屈极了。

王鹤允说："启儿，我知道你不高兴。可是你也要理解老人，她是为我们好。"说完这句话，他进了婆婆的房间许久才出来。眼睛红红的，我想他们的谈话并不顺利。

王鹤允看着我说："启儿，我们走，离开这里，哪里都能生活。"

他看起来极为生气，我一时间竟不知道怎么办了。就在这时，公公从外面打麻将回来了，刚一进门，王元就挣脱我的怀抱，扑到了公公的怀里，边哭边说："奶奶凶凶的，爸爸凶凶的。"

公公眉头皱了一下，看着我们，笑嘻嘻地问："怎么了？"

我没说话，转过头，假装没有听见。王鹤允说："没事，我们准备去打工，在家老是不赚钱。"

公公听到王鹤允这般说，脸沉了下来，说道："马上要过年了，准备去哪里？在家待着，一切都年后再说。"

说完就进了门，径直地走到了婆婆的房间。

王鹤允抱着王元回了我们的房间，门被用力的关上了。我一个人坐在院子里看着天空，看着门口的那棵柿子树，不知道该做什么，应该怎么做。

这就是传说中的婆媳矛盾，我感觉异常头大。

门开了，公公出来了，他喊我进去。

我坐在沙发的一旁，听见公公说："你妈年纪大了，脾气大，你该让着她些。你不知道，你妈常常跟人夸家里有个好媳妇。我们是一家人，自家人吵架，不是让外人笑话了去。别生气了，该干啥干啥，你们的事情，我们以后不管了，你们自己决定。"

我点了点头，他又说，你给我把王鹤允叫出来。

王鹤允出来之后，公公给王鹤允说："你多大了，还气你妈，也是当爸爸的人，就这么做事。去跟你妈道歉。"

王鹤允还想说什么，看了一眼公公，低下了头。

公公说完王鹤允，又换上平时那副笑哈哈的样子，抱着王元玩，逗得王元咯咯地笑个不停。

我去厨房下了面条，吃饭的时候，公公让我去叫婆婆出来吃饭。

我站在房间门口鼓起勇气喊："妈，饭好了，出来吃饭。"

王鹤允和婆婆一起从房间里出来了，他们都面无表情，看不出是怎样的情绪。午饭之后，公公便拉我婆婆去打麻将了。

家里只剩下我和王鹤允了。

他跟我说："启儿，我知道你受委屈，但是那是我妈，我们就哄着她，毕竟是长辈。"

我说："好。"

这件事情就这样过去了，关于我们生二胎的事情，婆婆再也没有提起过。但也因为这件事，我们之间的关系，疏远了不少。

只能说和平相处，再无以前的那种亲昵，我终于理解了别人所说那句，婆婆不是妈，你要明白。

我明白了，但是心里难过，我一直以为婆婆跟妈妈差不多。就在那件事之后，我试着用另一种方式与她相处。

很多天，家里的气氛都很沉闷，经常无人说话，只有王元在客厅里跑跑跳跳。

我和王鹤允因为这场婆媳矛盾的原因，也变得疏离。心里有很多话想说，看见他的时候，就一句也不想说了。

我变了，我学会了隐忍，学会了放下自己所有的情绪，平静地生活着。

我再次开始写文章，用手机，在空间里写故事，故事里的我还是从前的样子，爱憎分明，风风火火，像这个世界的勇士。

更多的时候，我觉得活着毫无意义，我们在做什么？在等什么？我都不知道。

我试着离开房间，带着王元出门，跟村子的大妈坐在一起，听她们聊天。

我们家门口有一座桥，据说已经有千年的历史了，一到午后，太阳出来的时候，就会有很多人在桥边晒太阳、哄娃。

我带着儿子跟他们坐在一起，看着儿子跟一群孩子一起玩，听他们讲村子里的八卦，奇闻异事。

谁去世了，谁家儿子考上大学了，谁离婚了，谁家女子三十了还没有结婚，谁家儿子有本事。我只是听着，很少说话。

坐在桥头晒太阳的大多都是老人，儿女在外工作，孩子放在家里，老人带着。

像我这样的年轻人很少，跟他们在一起久了，有时候感觉自己也如他们一样到了暮年。

看着他们的时候，总是能想起家乡，想起父母，想起在我们门口，也有这样一群人，带着孙儿晒太阳，聊家长里短。

好像已经很久没有回家了，原来结婚之后，娘家就成了一个名词，没有太多的联系，除了打电话之外，总是有各种各样的事情，让你与家的关系变得越来越淡。

很少跟家里讲我的处境，除了报平安之外，没有太多的话要说。人活到最后，可能剩下的只有自己，这世上所有人，都无法走进我们的世界。

人生而孤独，我一直在想这句话，就在这时候，我开始理解这句话的意义。

我想起王鹤允曾经多次说过，我是一个自私的人。现在看来是对的，我终于承认我就是这样的人。即使一个人活着，也可以。

腊月初八，我收到夏夏的电话，她要结婚了。

这个我唯一的朋友，已经许久没有联系了。她说："启儿，你个没良心的，结婚之后就消失了。"

我苦笑，说好要去参加她的婚礼。

她和男朋友三年异地恋，终于修成正果。她用微信给我发了一张照片，照片里她依旧那般美丽，光芒万丈。她的老公是个平凡普通的男孩，站在夏夏身边感觉有些突兀。

我说："夏夏，你老公真丑。"

她哈哈大笑，只说："他对我很好。"

我说："祝福你。"

她结婚前夕，突然下了一场大雪，雪很厚，封住了所有的公路。我被挡在这里，没有回去。

那天我打电话给她，她说："启儿，我很想你。"

不知怎的，我湿了眼眶，"夏夏，一定要幸福。"

我们真的都长大了，都到了谈婚论嫁的年龄。不知道以后的路会是怎样，我们终究都没有成为想要成为的人。

夏夏结婚之后，和老公开了一家快递公司，留在了家乡。

我记得她曾经说过，毕业之后，要去经商、做生意，赚很多的钱。现实里我们都把梦想藏了起来，为了生活而奔波着。

年后回家的时候，我见到了她，还见到了许久没有联系的卡卡，她成了一名人民教师。

　　我们一起走过曾经走过的路，坐在熟悉的那家餐厅吃饭。所有的一切都变了，餐厅再也吃不出当年的味道，一起漫步的时候，也不再欢欣雀跃。

　　再次拥抱她们的时候，我才真实地感受到自己还活着。

　　看着她们的时候，我才想起自己还曾年轻过。

　　我们彼此分享秘密，晚上整夜不睡地聊天、喝酒、唱歌。

　　在天亮之后，离开。在此后的很多年里，她们一直存在在我的生命里，在我无处可去的时候收留我。

　　我们离得很远，但是住在彼此的心里，像是朋友更像是亲人。

　　过年之后，生活重新开始了。我和王鹤允也跟着活了过来，冬眠了一个冬天，终于可以大展拳脚了。

　　谁知，就在这时，我们收到一个通知，犹如晴天霹雳，把我们推入深渊。

31. 跌入万丈深渊的日子

寒冬过去，春天来了，万物都苏醒了，我们也跟着苏醒。

厂房的周围长满了野草，我们的小院子也杂草丛生。我的信念从收拾这些杂草开始，挥着锄头，流着汗水，心怀着希望。

王鹤允说："这样的生活看起来也不错，以后这里都是我们的江山，我们的生活会变好，我不会让你永远这么辛苦。"

我看着他傻傻的样子说道："你说的话真好，赶紧干活，不然中午没饭吃。"

太阳围着我们转到了头顶，我们才放下锄头，坐在地头歇息，电壶里水都见底了。在池塘旁边钓鱼的大爷看着我们说："这两个孩子，很不错，能干。"

我们相视一笑，毛毛就卧在我们的身边。不论是什么工作，只要有活干，人就会变得精神。

我问王鹤允："你看看现在的我越来越丑，你以后会不会不要我？"

他笑着说："那当然了，我会找年轻漂亮的姑娘。"

我瞪着他问："你再说一遍，试试。"

"我不敢，老婆，我错了。"他那样子，着实很欠揍。

几天之后，这里被我们收拾得非常整洁，我们买了一些蔬菜的种子，种在地头。挖地，播种，浇水。

"允哥哥，过些时日，我们就可以吃到我们自己种的菜了。"

"想起来不错，这就是陶渊明的世外桃源生活，你说呢？"

"把人能累成狗，看来古人总是扯谎。"

"你要学会享受其中的乐趣，知道不。"

我拿着锄头，边走边说："你去享受，赶紧去，去给葡萄苗上化肥。"

"启儿，你越来越无趣了！"说完他笑着也向地里走去。

地里来了很多人帮忙干活，开春之后，要给葡萄地上化肥。我们费力抬着化肥袋，跟着干活的叔叔阿姨们一起在地里奋战，手冷得都快僵了，头上却冒着汗。

王鹤允看着我说："启儿，你去歇着，我来就行，你操心给大家提供水。"

"没事，我不累，还能坚持。"

"看不出来，你这么能干，看来娶了你，我真是赚大了。"

"那是，就这，你当初还拒绝我。"

他笑了，手里的活没停，继续说："我错了，可以吗？这件事被你说了几百遍了。"

头顶烈日炎炎，还有一丝春风吹过，倒是有些冷，二月的天气，还没有完全暖和起来。

"你去歇歇，干活的人这么多。"他再次跟我说。

在地里干活的日子，每一天都很累，再也没有时间，悲秋伤春，反而过得很充实。到了明年，葡萄地就该有收成了，应该会有不少钱，我心里想。

户太八号全国闻名，价钱不低，而且晚熟，市场很好。在这个地方很多人都靠种葡萄为生，几亩地都能赚几万元。我们这规模应该能赚不少，我一边跟王鹤允说，一边看着我们的葡萄地。

王鹤允说："应该可以，这两天忙完地里，我们的工厂也该动了，是时候大干一场了。"

"王总，以后，我们会赚很多钱吧！我要环游世界。"

"吴总，你上天都行，还环游世界，赶紧干活了。"

就在我们准备好一切，要大干一场的时候，接到政府通知：厂房违建，需要拆除。

听到这个消息的那天，我和王鹤允正在地里浇地，穿着雨鞋、雨衣，拿着水管，在地里一边浇地，一边打闹。

一群穿着西装，开着小车的人，向我们走来。

一个年轻小伙问我："这家厂房是你们的吗？"

王鹤允扔下手里的水管，走过去说："是啊，怎么了？"

我看来了一群人，也跟着王鹤允走了过去。

他们递给王鹤允一张通知，上面赫然写着："厂房违建，需要拆除，政府补贴五万元。"我们看着那张通知单，怔在原地。

王鹤允抬起头看着他们问："这是什么意思？"

那个小伙笑着说："意思就是你们这是违规建筑，要拆。"

"凭什么，我们不拆！"王鹤允吼了出来。

我接过那张单子，看了看才明白，原来耕地不允许建造工厂。要想不拆除，除非改变土地性质，这简直是不可能的事情。

听见王鹤允的质问，那男孩没有回答。过来一个年长一点的胖子，应该是个领导。他拉着王鹤允小声说："这是国家政策，我们也没有办法，相互理解一下。你们自己拆了，还能赔五万块钱，如果我们拆，你们真是什么都没有了。"

王鹤允看着那个男人说："我们不拆。"

"对，我们不拆，我们盖房子的时候，打过报告，你们说是可以的。"

那个胖子说："谁给你保证的，你叫他来找我。"

然后一群人消失在地头了，只留下我和王鹤允，以及手里一份拆迁通知站在原地。

那天之后，王鹤允天天去政府，之前给我们保证可以盖房子的那个领导，电话一直打不通，就那样消失不见。我们没有任何办法，只能在厂房门口守着，就连晚上，也睡在这里。

本来打算开工的时候，就此搁浅。

父母也知道了这件事，整日愁容满面，公公早出晚归。我知道，他们都在想办法，而我什么都做不了，只能陪在王鹤允的身边。

我们找了很多人，去了很多次政府，结果丝毫没有改变。

后来我知道，全县像我们这样的情况很多，很多厂房一夜之间不复存在。

一直到通知下达的最后一天，我们依然坚守着。

那个胖子和年轻小伙又来了，他们身后跟着挖掘机。

那天公公也在，胖子说："今天是最后的期限，你们必须拆，若是不拆，我们就来帮你们。"

公公让我们先回去，他来处理。王鹤允扔掉了手里的锄头，站在胖子面前说："拆吧！"

然后拉着公公离开了。

那天，只有我一个人在那里，我看着房顶的铁皮一片一片被揭了下来，房梁轰然倒塌，墙壁一点一点被破坏，满目疮痍，尘土飞扬。

我的眼泪随着厂房的倒塌流淌，那棵我和王鹤允亲手种的柳树，还如战士一样耸立在那里，枝叶茂盛，在阳光下像一名战士一样坚守着阵地。

路边站着很多看热闹的人，指指点点地在说着什么。

一个下午，我们用了半年盖起来的房子，就被完全摧毁。我们心中的希望、未来和豪情万丈也被一起摧毁。

那天晚上，我回到家，家里静悄悄的，公公婆婆在客厅看电视，王鹤允在我们的房间里睡觉，孩子在客厅里一个人玩。没有一个人说话，大家都不约而同地选择了沉默。

那晚我听见王鹤允不停地翻身，我知道他一夜没睡。我想说点什么，最终也没有说出口。

这个厂房花了我们三十万元，就这样，一天之间全没了。

"为什么不挡着？"这是我问王鹤允的第一句话。

他说："爸在那里！要是闹起来，爸爸再有个好歹，更不值得。这就是命，启儿，这是我们的命，注定要经历，只能这样。"

我们在家里待了整整一周，没有一个人提起关于厂房的事情，每一个人都尽力表现的和平时一样，生活看起来一切正常。

常有人来我们家，总是各种侧面打听这件事对我们的影响，我很想破口大骂，可是碍于邻居的面子，只能忍着。

我们都知道，所有人都在等着看我们的笑话。

一直到第六天，我收到了政府补贴的五万元。

公公把我和王鹤允叫在一起说："没什么大不了的，你们好好经营葡萄地，不要想太多，只是赔钱而已，年轻的时候，谁没有经历过失败。"

那天下午，公公和王鹤允把厂房里能卖的东西全部卖掉了。那些被破坏的砖也找人清理了，只剩下不足一米的高低起伏的围墙。

婆婆继续每天出门打麻将，公公依然开着车去钓鱼，而我和王鹤允，继续在葡萄地里干活。

厂子开不成了，只能种地。

那件事发生之后，我们的生活也开始改变了，在家里的每一天都觉得压抑、难受。

田园生活再也无法带给我们任何乐趣，除了苦就是辛苦。

那时候，我才24岁，正是青春年少，而王鹤允也变得焦躁，我们常常因为小事争吵。我不知道在这样的日子里，我们能找到什么样的未来。

手里的钱越来越少，葡萄地的投资很大，人工费、化肥、农药、除草，一年扔在地里的钱差不多都有十万元。而那年秋天，葡萄地里的葡萄只卖了几百块钱。

大多数葡萄都被我们剪掉了，葡萄树挂果最少要在三年以上。所以我们辛苦了两年，除了花掉的五十万元，什么也没有得到。

那晚我问王鹤允："我们是不是做错了，那钱应该用来买房子，不应该用来投资？"

王鹤允说："过去了，说这些有什么用。"

我说："我不想种地了，这样的日子里，我看不到一点未来。"

他没有说话，翻了身，房间静悄悄的。

外面的月亮很亮，照进我们的房间，我记得他不在的那一年，我一个人在家里，就像现在这样孤独。

此刻他就在我身边，我依然觉得孤独。

原来，孤独是人生活的常态，和与谁在一起一点关系都没有。

32. 你想过离婚吗？

一直到天亮的时候，我才迷迷糊糊睡去。我再一次失眠了，这一次跟我一起失眠的还有他。

我们都在为未来焦虑，虽然谁都不说，但是没有办法不去想。

我已经很久没有照过镜子了，皮肤变得干燥，手上有了老茧，这就是世外桃源生活的真实现状。

就在这时，柳琪回来了，她打电话给我，约我见面。

"姐，听说你不干了，你在哪里？我去看你。"

那天下午，柳琪出现在我们的家门口，她看起来长大了不少，更加漂亮了，甜甜地喊我姐。

她说，这两年她去了很多地方，一直在坚持画画。有人建议她开微博上传画作，没想到喜欢的人还挺多，现在她已经有几十万粉丝了。现在靠接一些广告，和给人做设计赚钱。

她跟我讲外面的世界，她一个人去了上海，在上海生活了半年，又去了南京，在江南待了一年多。她住在乌镇的一家民宿里，一边在民宿帮忙，一边画画。

她说这些的时候，神采飞扬。看着她，我忽然觉得好悲哀，我好像已经死了好久，我曾经的梦想，手里的笔已经被我丢弃很久。

她说："姐，谢谢你当年鼓励我。走出去之后，我才发现，这个世界很多人在按照自己的想法活着。"

整整一下午，都是她在说，我在听。

她离开的时候跟我说："姐，你的生活不应该是这个样子，你在镜子里看看自己，你的眼睛里没有了光。"

她送了一只口红给我，说："画上口红，看看你。"

我送她到车站，看着她消失在车站。

我想起她那句："这世上很多人在按照自己的意愿活着。"

我觉得悲伤极了，站在车站的路口，泪流满面，没有缘由，过往的行人好奇地看着我。

我是谁？我想要什么样的生活？我问自己。

而此时，我连答案都给不了自己。

柳琪走了之后，我更加失意了，也更加暴躁了。我常常发脾气，我们在一起干活的常态，成了两个人长久的沉默。

就在这时，我学会了酿酒。地里葡萄不多，我们把葡萄全部摘下来，卖掉了一点，还剩下很多。

村子里的人流行用卖不出去的葡萄酿酒，我特意去跟一位老爷爷学了几天。

回家之后，待在院子里酿酒。我从街上拉回来很多坛子，把葡萄摘下来，洗干净、晾干。再把葡萄碾碎，取出葡萄籽。放进坛子，撒上白糖，封好坛子。

我疯狂地迷恋上这个事情，每天天一亮就起床，开始干活，一个人在院子里忙得不亦乐乎。我并不知道，酒是否能够成功，但是做这件事能让我觉得自己不至于那么孤独。

整整一周，我都在忙活这件事，王鹤允每天出门的时候，都会说上一句："大师，又酿酒呢！"

我不理他，继续干活。我发现我在逐渐丧失语言的能力，跟人交流都变得困难，包括与王鹤允。我们之间的关系，变得若有若无。

十一月的时候，我们村子有青年创业基金发放的项目，村书记问我们需不需要。

我和王鹤允商议，资金已经严重不足，不能再让爸爸拿钱，看来政府补贴无息贷款是个不错的选择。

我们最终商议，我去县上学习，王鹤允在家干活。

要想贷款必须参加政府组织的企业培训，我收拾好东西去了县城，一个人生活。

独处的时候，很多人和事，好像看得更明白。

我已经很久没在城市里生活了，应该有两年了吧！这个小城很热闹，车子、行人、商铺，各种各样的广告，铺天盖地。

我住在公公以前买来投资的一套二手房里，三室一厅，好久没人住，落了厚厚的一层灰。我做了简单的打扫，躺在床上，一个人的房间，空荡荡的。

我翻着我背过来的书，安妮的书，大冰的书，还有那本年代久远的《红楼梦》。

看着别人的故事，想起了曾经的梦，我开始写故事，用笔在笔记本上，写下自己的处境，写下一些天马行空的句子。

在本子的第一页，写着柳琪说的那一句："这世上有很多人在按照自己的意愿活着。"

那是怎样的一种状态？我一直在想。

我想要的生活到底是什么样的？

早晨起床去就业局培训，班上来参加培训的人都是各个企业的老板，做各种各样的生意，只有我一个人是种地的。

在这里，我了解了什么是企业，如何做老板，企业该怎样运营。

但是，这些对我来说有何意义，我只是一个种地的，或许我培训的目的只是拿到贷款而已。

在县上参加培训的这些天，我白天上课，晚上去新华书店看书，一直到他们关门，才回到那间空荡荡的房间里。

有时候一个人踏马路，走在小城的小路上，坐在十字路口的石凳上，看着行人。

我总是热衷于观察别人，这件事，过了这么久，依然让我觉得有趣。

一个人坐在马路上，直到路上行人稀少，才起身回家。我不知道他们身上有什么样的故事，只是在这群陌生的人脸上，我看见了人活着的所有喜怒哀乐。

一个月的时间很快，我们的培训结束了，我们拿到了毕业证，也拿到了贷款的资格。

一个人在这里生活的这一个月来，我想明白了一件事：我要放弃现在的生活，重新开始。我要重新回到城市，我再也不要过这种一潭死水般的日子。

回家之后，我跟王鹤允说起了我的想法。

他说："我想想。"

这时候，孩子已经两岁多了，过完年就能上幼儿园了，再过几年就要上小学了，我们不能一直这样一无所有。

这世界上最痛苦的莫过于做选择，在放弃与重新开始之间做出选择异常艰难，毕竟我们为此奋斗了两年，想要完全放弃，真是一件不容易的事情。

我酿的酒没想到成功了，喝一口，甜甜的，味道醇厚。

王鹄允说："或许我们可以再坚持一年，就有结果了。我们到时候还可以酿酒、卖酒。"

可是我一点也不想过这样的生活了，再这样下去我就要疯了。整整两年，没有一分钱的收入，投资失败，葡萄园的前景并不确定。

我态度坚决，王鹄允无可奈何。

一直到冬天，我们还没有做出抉择，为了贷款的事情，我整天在银行和政府之间跑手续的事情。

贷款下来的时候，已经是十二月了，又一年过去了。

那晚我们谈了一晚上，把我所有的想法全部告诉了他。

后来我问他："为什么你突然同意和我再次离开去外面的世界？"

他说："就是你说的那句'你看看我，还像个姑娘吗？不就是一个大妈？'我不能这么自私，我还记得初遇你的时候。那时候，你虽然脾气古怪，但是眼睛里有光，现在的你眼神黯淡，我知道你很煎熬。"

在众多的选择中，他选择了理解我。

我们度过了很多苦日子，有人问我："有没有想过离婚？"

我想是没有的，无论生活多苦，他始终理解我。我不能确定还有谁比他更适合我，或者说我还爱着他。没钱算什么，苦日子算什么，只要有爱，我就愿意陪着他。

这是我们结婚的第三年，我们努力了很久，什么都没有，又一次重头再来。

家里对我们放弃葡萄园的事情，十二分不理解。我们想要离家的事情，遭到父母的强烈反对，这让我们再次陷入两难之间。

33. 一无所有从头再来

我们的决定，让父母很生气。

很少发脾气的公公都开始发飙了："你们做什么事情都这样半途而废，能做成什么事？"

"我们已经两年没有赚钱了，就这样一直啃老，让我们觉得自己就是个废物。"我鼓起勇气说出了这句话，转身去了房间。

王鹤允在父母的施压下，萌生了退意。

他说："或许父母说得对，我们应该坚持一下。"

我问他："那么以后呢？我们就这样在地里度过这一生，我才24岁，我更喜欢外面的世界，我讨厌这样的生活。"

他说："你就是这般自私，永远只考虑自己。"

"自私？我就是自私，怎么了？我不想过这种伸手和别人要钱的生活！"

"钱，啥时候不让你花钱了？"

"我说的是，我想要自己赚钱，哪怕是给别人洗碗呢。我不想要你们的钱，这让我觉得自己是个废物！"

"或许明年，我们可以赚到钱呢？"

"那么之后呢？继续种地，再以后，一辈子待在这里？这不是我要的生活，我不要过这样的日子，我不想自己活得这般没有价值。价值，你懂吗?"

"价值，不过是你放不下外面的花花世界而已。"

"我就是放不下，也不想像个废物，你这种人根本不懂!"

我们的争吵惊动了他的父母，公公推开门进来了，问我们怎么了。

王鹤允说:"没事。"

公公看了一眼坐在床头的我，没有说话，又走了。

我起身拿着包包走了，离开了家。这是我第一次离家出走，走出大门的那一刻，我突然觉得好悲哀。

我无处可去，身无分文，一无所有。

这世间还有比我更失败的人吗?

我想打电话给谁，看了电话许久，拨了仲夏的电话，无人接听。我又拨卡卡的电话，收到一条短信，我正在上课，稍后回你。

这世上最孤独的人莫过于你想找人说话的时候，他们每个人都在忙。

天阴沉沉的，好像要下雪的样子，北风吹过，透心凉。我像一只无处可去的流浪狗，蹲在路边。

就在那天，我又一次开始抽烟。

很奇怪，很多习惯来来回回，却从来没有放下过。

抽完一支烟，我乘车去了西安，那座我曾经向往的城市，那座曾经遇见王鹤允的地方，在那里有着我这一生最美好的记忆。

就在我上车的时候，接到父亲的电话:"你哥哥说要来西安看你，你去车站接一下。"

这个电话让我有了更好的借口离开。

中午的时候，我接到了哥哥，他风尘仆仆地朝我走来，包里装了许多好吃的给我。

那天我带着哥哥，在各个景点里游玩。王鹤允始终没有打来电话，一直到傍晚的时候，婆婆打电话问我在哪里。我说："我哥在西安，我来接他。"

那边没有多说什么，便挂了电话。

晚上我和哥哥在一家餐馆吃饭的时候，接到了王鹤允的电话，电话不是打给我的，而是打给哥哥的。

他问我们在哪里？说他上午在忙，这会儿才有时间过来。

半个小时之后，他出现在我们的面前，笑着跟哥哥打招呼，亲昵地坐在我的身边，好像什么也没有发生。

为了不让哥哥担心，我并没有说什么，只能由着他。

哥哥说家里一切都好，让我放心。又问起了我们的葡萄园和工厂。

我说："工厂拆了。"

哥哥看了一眼王鹤允，没再问，继续吃饭。

王鹤允主动跟哥哥讲述了我们的经历，哥哥叹了一口气说："这小丫头嘴严实得很，竟然什么也没跟我们说。"

"说有什么用，只会让你们担心。你别告诉爸妈。"

哥哥说："知道了，你们两个好好的过日子，比什么都强，钱没了，可以再赚。"

王鹤允说："哥，你放心，我会照顾好启儿的。"

哥哥说："我这妹妹比较任性，你让着她些，从小脾气就臭，我小时候可是没少吃亏。"

我不满地说："哥，你到底是哪头的，有这么说你妹妹的吗？"

王鹤允在一旁哈哈大笑："我觉得哥说得对。"

哥哥并未在这里留太久，第二天就启程回家了，那天他刚从天津打工回来，顺路过来看看我。哥哥常年在外打工，孩子一直被留在家里，比起他，我们或许更幸福一点。

哥哥的到来让我对生活有了新的想法，孩子、家庭、事业、未来，我们永远无法兼顾。这两年，我们没有赚到钱，可是见证了王元的成长，也未免不是一件好事。

我和王鹤允谁也没有提起那天吵架的事情，哥哥走后，一起回了家。

在路上，王鹤允跟我说："爸爸同意我们去外面闯荡了，你别不开心了。"

听到这个消息，我并没有想象中那么开心，反而有一种深深的无力感。

"马上要过年了，我们在家再待一个月，过完年就去西安重新开始。"

"好。"

我靠着王鹤允，他的一只手放在我的肩膀上，我们相互依靠着。

"启儿，我们一无所有，又要重新开始了，你害怕吗？"

"怕，但是也要努力。不然，我们这一生真的没有希望了。"

"有你在我身边，真好。"

我们决定离开家，葡萄园的一切交给了公公，公公叹了一口气说："既然你们不干了，我就租出去吧！我和你妈老了，没有精力了。"

我们怀着豪情万丈开始，又这样放弃，重新开始。

所有的一切努力都成了无用功，所做的一切都像个笑话。这件事过了很久依然是我们的心结，无法放下。葡萄地承包给了别人，所有的钱，我们都上交给了家里，只留着政府赔偿的那五万元。

我们在回家的第二天去了县城，决心先摆地摊，卖点什么，赚点钱。过年之后再去西安，这么想了，我们也就开始这么干了。

我们从网上批发了一些高仿名牌包包，在市场买了摆摊用的床，开始了我们的摆摊生活。

看似简单的摆摊，其实也存在诸多困难，大多数人的摊位是固定的，像我们这样流动的摊主，几乎没有什么好的位置，要不就是被城管撵着满城跑。

在摆摊的时候，我们认识了两个户县的朋友，跟我们年纪差不多，开着车，拉着货，赶集赶会，到处打游击。

熟识之后，我们便跟着他们一起，去各个村子赶庙会，去各个镇上的集市。

庙会上的人很多，大多商品都便宜，我们的包包几乎无人问津。赶庙会的乐趣在于，我们的东西虽然卖不出去，可是能玩好，挤到戏台子下面看戏，去吃各种各样的美食，偶尔也还有外来的马戏团。

一天下来一毛钱没赚，倒是花出去不少。

长久的入不敷出，我们决心脱离他们的队伍，去县城找地方。冬天真冷，脚趾头冻得有些麻木，脸冻得发青，站在路边等着客人的到来。

卖出去第一单是我们摆摊的第六天，我们赚了30块钱。从那天之后我学会了吆喝，名牌包包大降价、清仓处理。有人围上来的时候，往往是成交最多的时候。

有一天，我们卖了一千多块钱，利润达到了四百多元，这让我们两个一下子燃起了对做这件事的希望。

那晚我们特意去粗粮王吃了一顿自助餐，我们很久没有这样开心过了。

他说："启儿，我们要是这样，每天四百块，一个月能赚一万多块。"

"是啊！这个事情还真能干。"

那一顿饭我们吃了很久，吃到实在吃不动的时候才出来。悲催的是，我们的快乐并没有维持很久，结账的时候，收银员说："我们的200元是假币。"

王鹤允看了看钱，说："还真是假钱啊！"又换了另外两张给收银员。

假币的事情，严重影响了我们的心情。回到房子的时候，王鹤允说："他娘的，这世上坏人真多，以后收钱看来要注意了。"

他拿出打火机把那两张假币烧了，我看着他疯狂的行为，扑了过去，可是已经为时已晚。他说："烧了它，以后就不能祸害别人了。"

我看着他醉醺醺的样子，无奈地笑了。

他拿着那两张燃起来的假币点烟，一边点一边说："媳妇，看我牛不牛，用钱点烟，太爽了。"

我没说什么，只能任由他胡闹，我知道，他心里不开心。

第二天，我们买了一个激光灯，用来辨别钱的真假。后来的几天，我们的生意一直都很好，每天几乎都能赚上两三百元，每天都需要进货。

原来打算去西安打工的事情，因为地摊赚钱的事情做了改变。我们决定再弄一种产品，每年过年，小孩的玩具生意都特别火，所以我们又添了设备。在我们的摊位跟前，又放了一个摊位。

就当我们以为靠着摆摊就能发家致富的时候，更悲催的事情发生了。我们的货被城管没收了，虽然我们说了很多好话，依然什么用都没有。所有的货，连同货架一起被城管拉走了。

货被没收之后，我才清楚地认识到，这并非长久之道。那天，我们蹲在城管所门口，软磨硬泡，整整一天，才终于把货要了回来，顺便还花了三百块钱，办了一个证回来。

有了证之后，我们便不再怕城管撵我们了，但是这地段极为不好，一整天几乎卖不出去几单。

我们只能白天在家睡觉，晚上八点之后，等城管下班了，去人流多的地方抢占位置，一直到晚上12点再回来。

我的脚被冻伤了，手指僵硬，晚上睡在被窝里，疼痒难忍，赚的钱除去吃喝之外也剩下不了多少。

王鹤允说："这条路也并非长久之计，我们过年走吧！去西安。"

"好，只能这样了。"

接近年关的时候，我们把所有的货品全部低价处理了一下，剩下的全部打包带回去了，到现在还堆在二楼积灰。

摆摊的日子就这样结束了，我们怀着新的希望去了西安，期望在那里能够找到我们的未来。

34. 最后的挣扎

新年过后，我和王鹤允收拾好行囊，准备去西安。离开的时候，王元一直抱着我哭，喊着"妈妈，妈妈"。

王鹤允抱着王元说："宝贝，爸爸妈妈去帮你挣钱买玩具和好吃的。"

王元看着我们，奶声奶气地说："爸爸、妈妈，娃娃不要玩具了，不要好吃的了，你们别走。"

看着满脸泪痕的孩子，我也跟着哭了。

我把他抱在怀里，好像外面的世界也没有那么大的吸引力了。我很想就这样留在家里，陪着他，看着他笑。

婆婆走出来，抱过王元，冲我们摆摆手。

王鹤允一手拉着我，一手拉着皮箱出了门。王元的哭声还在耳边，我听见他撕心裂肺地喊着"妈妈"。

村庄还是原来的村庄，很安静，路上几乎没有行人。年一过，村子又一次空了。偶尔有人从我们眼前经过，好奇地问："你们要去哪里？"

王鹤允说："出门有事。"

说完，我便快速逃离，我知道他们想打听什么，想问我们什么，此刻我们只能快速离开。

创业两年，一无所获，最后，我们选择了落荒而逃。

来到西安的第一天，我很想孩子。

第二天我还是非常想孩子，一想到他满脸泪痕的样子，就心疼至极。

在西安的第三天，我们终于找到了房子，以前住过的村子，大多都拆迁了。这一次住的地方是一个陌生的地方。

南窑头村，这里的房子，都是小型的公寓，房子相对干净整洁，房子里不仅有厕所，还有洗澡的设备和空调。最重要的是可以看见光，阳光照进房子，让人的心情也跟着大好。只是房费相对之前的房子能贵上一倍。

我们搬进了房子，房租需要一次性付三个月的，还要押上一个月的。

什么也没干，几千元已经花了出去。安顿好住的地方，我们重新走入人才市场开始找工作，一天两天三天，工作依然没有着落。

太久不工作了，再次工作，有诸多的不适应。

就在这时，原来单位的同事，听说我上班了，喊我回去。在实在无处可去的时候，我选择回到了原来的单位。

王鹤允倒是找了几个工作，去了几天又回来了。

某天早晨醒来，我发现我们又一次在重复着原来的生活。我们的境遇并没有因为离开家而改变，反而变得更加窘迫了。

我在原来的单位待了三个月，发现我再也没有以前的热情了，对于工作更多的是抵触，甚至厌烦与人打交道。业绩自然也极差，老板、经理、主管反复找我谈话，我从原来的店被调到了一家离住的地方极远的小店。关于我在公司的传说还在，只是我已经不是当年那个充满干劲的小姑娘。

在又一次被约谈之后，我终于筋疲力尽，决定辞职。那时候，我们已经来到西安三个月了，王鹤允的工作始终没有稳定。

那天晚上，我跟王鹤允说："我们要不要试试再次创业，我们开个店。原来摆摊的时候，为我们供货的老板联系方式我还保留着。我们再试一次，我真的不甘心，就这样了。"

王鹤允说："你若想做，我便支持你，我们可以试试。"

用家里人的话来说，我们就是那种典型的好了伤疤忘了疼的人。在我们决心不再创业的第三个月，我们再次创业了。

人一旦改变自己的生活，思维也会跟着改变。我们终究回不去安心给人打工的日子，自由惯了，再次去上班，心里多少有些不甘。

辞职之后，我们开始找店铺，一周之后，我们谈妥了一家三十平方米的小店，临街。房租一个月四千元，房间非常简单，想要开店，需要装修。

经过再三考虑，我们决定开始干，签了合同。房东是一个五十多岁的大妈，打扮得花枝招展，涂着大红色的口红，说话的时候，眼睛看着房顶，看起来极不好相处。对于这些，我们倒没有在意。只是我们没想到，后来我们被坑得很惨。

房子掏了一万块转让费之后，又补交了三个月的房租。

花了一万块简易做了装修，日夜兼程的干活，终于完工，上了产品，挂了牌子，开始营业。

我和王鹤允守着小店，刚开始的几天，生意还算不错，毕竟这样的箱包店，在这个村子是极少的。几天之后，生意变得惨淡，有时候一整天都不开张。

在我们旁边开店的是一个来自山东的小胖子，卖饼，生意比我们还惨。

没人的时候，我们就坐在一起打牌。

胖子的媳妇也是个小胖子，长得不错，就是过胖，让人看着觉得很累。她很少下来，店里大多数时候，只有小胖子一个人。

我们的生意并不是特别好，每个月卖的钱刚好够进货，还倒贴了房租。这让我和王鹤允颇为焦虑。

王鹤允说："或许我们真的不适合做生意。"

我不知道该说什么，只能坐在床边发呆。

这就是长大之后的生活，依然是充满艰辛，常常没有方向，看不到希望。

就在我们一筹莫展的时候，我们住的房子，房东要求涨房租，比原来贵了几百元。我们再三交涉，房东只有一句话，你们不想住可以搬走，没人强迫。

这时候，我们已经到了山穷水尽的地步，从家里带来的五万元，已经花完了，信用卡也已经透支了几千元。

涨房租对于我们来说，无疑是雪上加霜。

就在我们一筹莫展的时候，小胖子说："我住的那个村子比较便宜，一个月三百块，离这里也不远。"

我们决定搬家，叫了一辆三轮车拉着所有的行李，搬进了间潮湿阴冷的黑房子。

那晚我们挤在那张小床上，突然很想念我们曾经在家务农的那些日子。虽然辛苦，但也过得舒心。在这里，好像什么也没有得到。

上周回家看孩子的时候，他与我已经不再那般亲昵了，无论什么事情都是先找爷爷。我们走的时候，他就站在桥头看着，不哭不闹。我不知道他是否在怪我们，没有陪在他的身边。

"允哥哥，我们会一辈子过这样的日子吗？我觉得很累。"

"不会的，一切会好的。"

那一句会好的，就像一场梦，虚幻而遥远。

我开始写文章，每天晚上回来，在QQ空间里记录我的生活，写下一个个故事。

那些曾经一起写文章的朋友已经一个个消失了，再看他们的主页，都是一些家长里短，悲秋悯月。文字成了我最大的寄托，除了写文章，在无聊的时候，就坐在店里看书。

痴迷上佛学和抄经，在心情极度烦躁的时候，开始抄写佛经。在觉得无法坚持的时候，默念那句心无挂碍。

王鹤允说："你别走火入魔。"

我不理他，继续抄经。我们之间的对话越来越少，有时候我感觉我已经不爱他，我们之间已经没有了任何感情。

有一天，我们店里出现了一个女孩，她说："我是做美甲的，可不可以和你们合作，把我的桌子放在你们店里。我付你们一些房租。白天我就放在你们店门口，不会占用太多空间。

我和王鹤允欣然答应，女孩的到来倒是让我们的小店热闹起来，做指甲的女孩很多，小店在外面看起来生意火爆。

又过了些天，一个投放游戏机的公司进来问我们，是否需要放两台游戏机在店门口，赚的钱对半分。

我们也欣然同意了，刚好门口有一片空地，足够放下几台游戏机。

有了这些业务之后，我们的小店门口常常人挤人，在外人看来生意不错。

只有我们自己知道，这些东西，并不赚钱。不过相比之前，倒是好了不少。

箱包生意不是很好，我决定再增加一下其他产品，从康复路进来了一些女装，试着对产品做出了调整。发货又一次花去了我们不少钱，从开店到现在，几乎没怎么赚钱，反而已经赔了一万多元。

那次调整是我们最后的挣扎。

35. 你想要什么样的生活?

女装的生意，比我们想象中要好很多，小店渐渐转亏为盈。每个月除去成本，倒也能赚上几千块钱。

这让我和王鹤允颇为欣喜，动力十足。

为了方便上班，我们在58同城上花二百块钱买了一辆旧的山地车。那是我们人生中买上的第一辆车，他骑着车带着我，在街道上前行。穿过一条条小道，又穿过一条又一条的大街。

王鹤允说："启儿，以后我们会拥有自己的小车、楼房。"

"我相信你，我等着那一天快快到来。"

夏天，空气潮热，他后背的汗浸湿了衣服。他唱着歌，就是那首以前他经常唱给我的《西海情歌》。

我已经很久没有听见他唱歌，应该两三年之久了。

有时候幸福真的很简单，一辆两百块钱的山地车足矣。

我问王鹤允："你说，女人喜欢坐在宝马车里哭，还是坐在自行车上笑。"

他说，"看你的样子，很喜欢坐在自行车上笑。不过，总有一天，我会让你坐在宝马车里笑的。"

"你爱我吗?"不知怎的我问出了这句话。

他说："不爱能跟你过这么久？"

"有时候，我觉得我不爱你，我们只是因为孤独才在一起，因为我们没有朋友。"

他继续骑着车子，没有回应，大声地唱着那首歌，我伸开双手，用力地拥抱着他。爱或者不爱，可能并不重要了，重要的是我们在一起，有人陪我们走过这艰难的岁月。

"你想过离开吗？"他问我。

"想过，可是离不开。"

"你不能说假话吗？为什么总是这样。"

"我不知道，但是我知道的是我离不开你。"

"你是不是对现在的生活很失望？"

"失望，倒是没有，只是觉得生活不应该是这样。"

"我明白，我终究无法给你想要的。"他说这句话的时候，我能感觉到他的失落。

"不是你的错，可能是我想要的太多。"

"如果有一天，你要离开请告诉我，我会放你走。"他沉默了一下，说了这句话。

"允哥哥，曾经的我们很幸福，那时候，我们一样什么都没有，为什么现在不能像以前一样了。"

"可能是因为我们有了责任，也可能是你变了。"

我变了，我一直在想，他说的这句话。我怎么变的，为什么要变成现在这样，我想了很久，没有想明白。

回到住处的时候，已经十一点多了，楼道已经安静了下来，只有零星几家灯亮着。

我们悄悄上了楼，楼道里的灯又坏了，他打开手电拉着我，我被绊了一跤。低头一看是谁把垃圾扔在了门口。这样的日子不知道还要过多久，我在想。

之后的每一天，王鹤允都是骑着车带着我去上班，下班又骑着车带着我回来。

店里的生意终于好了起来，一切都好了起来。我们之间的交流也变得多了起来，有时候，还像以前一样开玩笑、打闹。

店里的小姑娘总是说，你和哥的感情真让人羡慕。

小姑娘的男朋友是个军人，每年回来一次，见面的机会很少，两个人的联系几乎都靠手机。我见过她好几次偷偷地哭，想必是一个人很孤单。

她最快乐的事情，就是说起男朋友。她总是说："我男朋友今年回来，我们就结婚了。"

说到这件事的时候，她会笑得很开心。

她一个人生活在这座城市，等待着她爱的人归来。而这一天总是遥遥无期，下班之后看见她一个人离开的背影，总是觉得莫名的心酸。

每个人都背负着自己的执着、期望，孤独地活着，没有谁比谁过得更好。再看看我和王鹤允，或许我们是幸福的。

夏天的燥热，让街上的行人少了许多，我们的生意不如从前，但也可以维持下去。

我时常感觉到迷茫，不知道未来在哪里。

中午最热的时候，我们会关了店门，和小胖、小姑娘一起在店里玩扑克牌来消遣。小店像蒸笼一样燥热，我们在桌子上放着一台小风扇。

每当这时候，我总是能想起家乡，在那里，外面的世界无论多热，房间总是凉爽的，即使没有空调。在我们房屋的后面有一个小树林，郁郁葱葱，把房屋严严实实地遮在里面。

不知怎的，离开家乡之后，我常常想念那里，想念家里的一切，包括那些曾经并不喜欢我的人。

父亲打电话给我说："你姑姑过些天要去西安，到时候你去接一下。让她在你那里住上几天。顺便带她转转。"

我说："没时间。"

父亲沉默一会说："你怎么活得这般薄情，那是你亲姑，一年去不了几次。"

我说："我真的没时间，也不想接待，以后这样的事情，你不要打电话给我。"

爸爸说："你真是个没良心的，你就活你一个人吧！"

说完便挂了电话，姑姑不知道有没有来西安，总之我没有接到电话，也不知道父亲是怎样跟姑姑说的。后来亦有家乡的人来西安，我一个人也没有接待过。每一次都借口回绝。这件事在父亲心里耿耿于怀很久。他觉得我变得不可理喻，我从未解释过。

在家里人的心里，我过得很好，婆家家境不错，有自己的小店，生活不错。每一次跟家里打电话，我都会讲我过得极好。

我不能让他们知道，我住在那样的地方，也不能让人知道，我的小店更是不值一提。

我编织的美好生活，不能让人识破，所以只能选择最冷漠的方式处理。再后来家里人来西安很少有人联系我，这些事情王鹤允从来不知道，我也未曾跟他提过。

对于亲戚朋友来说，我就是忘恩负义、六亲不认的女孩。不过这些可能他们也并不在意，只要父母能够安心，我便觉得值得。

只是有一次大姐来看我，她是我的亲姐姐，我终究无法像对外人那样拒绝她。我记得她从我住的地方出来之后，眼睛红红的。

后来她跟我说，看见你们住的地方，你知道我有多难过吗？

　　我多次叮嘱她，不要告诉家里人我的境遇。我自己选择的路，会坚持努力前行的，我相信一切都会好。

　　姐姐走了之后，我在电脑的键盘下看到了她留给我们的一千块钱。握着那一千块钱，看着眼前的境遇，觉得难过极了。

　　那天下午我没去店里，一个人坐在床边哭了许久。至于为什么哭，我也说不清楚，只是突然觉得好难过。

　　25岁生日那天，王鹤允给我买了一个大的蛋糕，我们去了一家想去很久的韩国烤吧。

　　许愿的时候，我想起柳琪说的那一句，这世上有很多人都在按照自己的意愿活着。我呢，我可以吗？

　　我期望未来，我可以按照自己的意愿活着。

　　王鹤允说："你许了什么愿望？"

　　我说："希望我们可以赚很多的钱。"

　　王鹤允说："我希望你快乐。"

　　我说："你没发现我每天都很快乐吗？"

　　他说："嗯，你高兴就好，恭喜你又老了一岁。"

　　"我们在一起六年了，真快。"

　　"六年了，感觉认识你好像才是昨天。那时候的你，很好玩。"

　　"那时候，真厉害，无所畏惧，现在感觉什么也不敢做了。"

　　"那就说明你长大了，丫头。"

　　"你好久没有叫我丫头了，记得那时候你总是这么叫我。"

　　"你喜欢我以后还可以这么叫你。"

　　"哈哈哈，算了吧！现在听着怎么那么别扭。"

　　"韩国烤肉来一口。"

　　"82年的红酒来一口。"

　　"哈哈哈，82年的，你想得真多。这酒没有你酿的葡萄酒好喝。"

"允哥哥，以后，你想过什么样的日子？"

"以后啊，我就想着养两条大狗，每天有肉吃、有酒喝，你和儿子都能陪在我身边就好了。"

"你的愿望真小。"

"启儿，你呢！想要什么样的生活？"

"我想有钱有闲，看书，写字，种花，环游世界。"

"好啊，以后我帮你种花。这样的日子会有的。"

"不知道还需要多久呢！"

"不会远的，启儿，会有那一天的。"

他想要的永远很少，我想要的永远很多。他的生活很简单，只要有的吃，就足矣。而我永远在追求虚无的东西，所以很难快乐。

说实话，很多时候我是羡慕他的。

36. 重新选择

　　就在小店生意逐渐稳定的时候，就在我们以为生活逐渐变好的时候，房东告诉我们，要涨房租，而且一个月要涨一千块。店里的小姑娘，找到了更好的店铺，决定离开。

　　房东还是如从前一样，穿着大花裙子，戴着墨镜，抽着烟，抹着大红的口红。她坐在我们的桌子上，居高临下，没有丝毫的尊重。

　　她说："你们的游戏机占的这块地方，也是需要交房租的。"

　　我们试着跟她讲道理："这一块地方，当时说好，一起租给我们的呀。"

　　"谁说的，哪里有说，你有字据？"

　　"你不能不讲理。"

　　"你们愿意租就租，不愿意租就算了，有的是人想要租。"

　　"你怎么可以这么做人？"

　　她扔掉手里的烟，看着我说："小姑娘，对我尊重些，不然有你好看。"

　　王鹤允把我拉在身后："我们不租了，你也不要吓我们，我们不是吓大的。"

那是我第一次见王鹤允生气，他看着房东，一字一句地跟她说。

房东看着我们态度强硬，从桌子上下来了，出去站在门口，看了一眼小店说："不租了，赶快腾出来。"然后走了。

那天距离房租到期还有一个月，我们当时租这家店的时候，花了一万块钱转让费。其中包括一个月的押金也是我们出的，签合同那天房东说，我们离开的时候，这些都会退给我们。

谁知道，她根本不承认，说从未有过这回事。

这件事，就这样被暂时搁下了。我们让游戏机的厂家把游戏机运走了，在店门口贴上"转让"。

生意看来是做不下去了，店铺转让之后，又该何去何从。这时候，我们身上只有几千块钱和一屋子的存货。

生活再次给了我们沉重的一击，来问店铺的人不少，听到房租，都摇摇头，转身离开了。

一直到房租快要到期了，我们的小店依然没有转让出去。

这次的困境，彻底击碎了我们对于未来所有的希望。

王鹤允坐在店里发呆，我坐在收银台的桌子前抄写经书。世界好像变成了黑白色，天都灰了，太阳都没有了温度。

我们都不知道以后该怎样了。

那天早晨，我们刚走进店里，收拾好店铺，就听见在我们临近的巷子里，传来尖叫声。接着，警车、救护车，都开了进来。

我挤进人群，看见一个浑身血迹的男孩被抬上了救护车，地上还残留着一摊血迹。警察把现场围了起来，站在一旁看热闹的人越来越多，还有很多人举着手机拍照。

后来我听说，男孩没有救过来，就那样离开了这个世界。那个男孩好像才26岁，跟我差不多的年纪，从八层楼一跃而下，告别了这个世界。

我不知道他之前经历了什么。我想他应该对世界完全绝望了才会这样选择。那是我长大之后，第一次这么近距离地接触到死亡，男孩的死在我心里留下很深的影响。

那天之后，我一直在想活着与死去。

在想活着的意义！

在某一瞬间，我甚至羡慕他可以这般决绝地离开这个世界。因为这条街上死人的缘故，从这条路上经过的人越来越少，我们的店铺终究撑不下去了。

在房租到的前一天，王鹤允打电话给房东。

她来的时候，已经是下午了，我们已经把所有的东西都搬上了车。

她说："钥匙给我就可以了。"

王鹤允问："我们押金怎么退？"

"押金，是上一次那个租房子的人交的，不是你们交的，为什么要退给你们？"

"我们交转让费的时候，你说这个费用包括两个月房租和一个月押金，走的时候会退。"

她瞪着眼睛、昂着头，轻蔑地说了一句："那你去找他们，不应该找我。"

王鹤允把押金票拿给她看："这是他们给我的，说拿这个退。"

她把票扔在一旁说："这上面写的不是你们的名字，我凭什么给你。"

我看着她的样子，很想拿起旁边的凳子给她来一下。王鹤允拉住了我。

我终于忍不住了，指着她说："你简直就是个不讲理的泼妇。"

她笑了一下，那双眼睛里发着凶光，无赖地说了一句："你能把我怎样，赶紧收拾滚蛋！"

"老妖婆，你不得好死，老娘钱不要，拿着给你买棺材去！"

周围围上来很多人，看着我们。

王鹤允叹了一口气说："启儿，算了，这种人根本不讲道理，我们没有必要跟她置气。"

谁知道她竟然坐在地上开始哭了，一边哭一边说我们欺负她。

王鹤允看着那泼妇说了一句："昧了良心的人，这一生不会有好结果的。"

然后拉着我上了车，在车窗里，我看见站起来的她，叼着一根烟，耀武扬威地看着我们。

我忽然没有那么恨她，反而觉得她可怜至极。听说她老公有很多情人，很少回家，她经常被家暴，儿子和女儿都跟她关系不好，她最大的乐趣就是收租。

钱对于她来说重过尊严、底线。我看见过一次她当街和小三打架的场景，她用尽全力抓着小三的头发，用脚踢打对方的肚子。一个男人出来看见她，径直地给她来了一脚。听说那个男人就是她的丈夫，她披头散发地坐在地上大哭，一边哭一边控诉老公的恶行。

警察来了，她们都被带上了车。

世界对她不公平，她把这种不公平报复在别人的身上。

错与对，已经无法用道德伦理来评判了。

我们又一次创业失败了，离开的时候，把那辆买来的二手自行车留给了隔壁的小胖。小胖说："他媳妇快要生孩子了。过了年，他们也要离开这座城市了。"

我们人生的上半场就这样结束了。

在一次又一次的失败中，选择了最后一条路，安心去上班，这辈子再也不要折腾了。小店倒闭之后，我们把东西拉回了家。

公公婆婆并没有说什么，给我们做了一大桌子菜。王元腻在我的怀里，他长高了不少。总是拉着我问各种各样的问题，小脸胖乎乎的，很可爱。

吃饭的时候，公公问我们有何打算，王鹤允说："还未曾想好。"

公公说："没事，大不了从头再来，你们就算不赚钱，家里也能养得起。"

王鹤允没说话，我也没有说话。

婆婆说："要不你们别去西安了，就在县城上班离家也近，做点小生意，或者上班都行，这样还能照顾上孩子。我和你爸年纪大了，精力不行了。"

王鹤允说："我们想想。"

公公掏出一张卡递给我说："这里有十万块钱，你们拿去用，挣了钱还给我就好。"他说得很轻松，脸上还是一如既往地挂着笑容。

我没动，王鹤允也没动。

他见我们没有动静，又补充了一句："不是给你们的，算是你俩借我们的。"

看着他们我忽然很感动，这两个老人就是这样一直无条件地支持着我们。而我们就像吸血鬼一样，一直在他们身上索取着，这让我非常难受。

"谢谢爸，我们还有钱。"

"你们拿着吧！"

我和王鹤允同时回了一句："爸，不用。"

那天晚上，王鹤允跟我说："我们不要折腾了，我再也不想创业了。"

我说："好。"

他问我："要不要在县城？"

　　说实话，我内心是抗拒的，我喜欢大城市，即使在那里过得不好，我都喜欢。一想到我要回到这座小城，心里一万个不愿意。

　　王鹤允说："王元大了，过两年该上小学了。西安的学校我们肯定进不去，至少能在县城上，总比在村子上好。孩子跟着我们，总是好些。"

　　说实话，他考虑的总归是对的，我们是该为孩子想想了。我不能自私到只顾自己，不管孩子。

　　我只能选择同意他的提议。

　　我们在外面兜兜转转，用尽全力，最后选择了回到小城。这座小城生活节奏很慢，车子没有那么多，也没有那么喧闹，消费水平也不高。

　　我们微薄的收入竟然可以支撑住我们的生活，还有剩余。

　　生活终于越来越好，我们的人生也因为这次选择，而产生了巨大的变化。

37. 终点亦是起点

　　我们搬到了小城，开始找工作。一天两天过去了，我们的工作始终没有着落；两个月过去了，我们的工作都没有确定下来。

　　这里消费低，工资更低，能供选择的机会更少。

　　我们白天找工作，晚上在街上摆摊，处理我们从西安搬回来的衣服、包包。没想到的是，那些衣服在这个小县城大受欢迎，生意极好。

　　我们的衣服不过十天的工夫就所剩无几了。那时候，我脑子突然出现一个想法，或许在这个小城开个服装店过日子也是个不错的选择。

　　说好的不再折腾，可真是心有不甘，真就这样放弃吗？我不知道。有些想法一旦产生，真的就很难放下，念念不忘。

　　找工作并不顺利，能干的工作，除了做销售，就是收银员。对于这些工作，我真的完全没有兴趣。也就是那个时候，我开始后悔，当初不上学的决定。我才真正理解父亲，在听说我不上学之后的生气。爸爸是对的，我是错的。能力很重要，没有学历，你的能力显得一点也不重要，因为你根本没有机会。

　　我该怎么办，我们该怎么办？结婚这么久，一直在折腾，可是

202

没有一点成绩。

有时候家里打来询问我的境况，我不知道怎么说，只能说一切都好，不要操心我。

父母大概也是了解到我的境遇。在某天哥哥打电话过来问我需要不需要钱。我知道所有人都在为我们的一事无成感到担忧。

就连一向淡定的公公婆婆都变得焦虑，他们也开始动用关系，帮我们一起找工作，这让我们觉得更加难受。

那年他三十岁，到了而立之年。这样没有出路的境遇，让我们的生活走入了低谷。

一向淡定的他，也变得焦躁不安，经常一个人坐在房间里抽烟，有时候会一个人喝酒，喝醉之后，就开始蒙头大睡。

就在这时我说出想再次开店的想法，王鹤允蹭的一下坐起来，说了一句："老婆，我支持你，不死不休。"

得到王鹤允支持之后，我们迫切的需要钱。再三考虑之下，我们决定动用曾经在政府的贷款，作为店铺的启动资金。

说干就干，早晨天一亮就出发，去找店铺，一整天都在外面跑。

终于在一家商场找好了铺子，这家商场年代久远，人流固定，地处城市中心地带，铺子位置靠前，一切都看起来非常不错。

在看好铺子的第二天，我们就拿下了这家店，连同他们剩下的货以及半年房租，花去了六万八。

店铺盘好之后，我们去了康复路，拿回来了一万块钱的漂亮衣服，开门营业了。

若说以前的每一次折腾都是想要创业、赚钱，而这次完全不同。我们只是想有个工作，可供糊口的工作，拥有自由的工作。

我们没想过靠这家店铺赚钱，没想过靠这家店铺翻身。那时候，我心里想的，不过是开个店混日子吧！活着总要干点啥，无论生意如何，总算有事可干。

　　就这样，我又一次开店了。很多人都说，我极有魄力，什么事情都是想干就干。只有我自己知道，这些都是无奈之举。因为活着，你就需要养家糊口，需要赚钱，需要工作，而我真正想做的却从来没做。

　　店铺开张之后，王鹤允在店里陪了我三天，又去找工作了。

　　他说："这样平凡的日子未尝不好，无论我们未来是否能够成功，享受当下的安稳吧！我要去上班了。"一周以后，他找到了工作，在一家房地产公司，帮助单位跑各种各样的工程需要的手续。

　　我们就这样安定下来了，生活也变得极其简单。

　　我们安定下来之后，父母看起来开心了不少，我们每个人的生活终于再次恢复了正常。

　　公公让我们把他的车开走，为了孩子上学方便，我们拒绝了。王鹤允从家里骑来了一辆电动车，每天早晨他把我带到商场，然后去公司。下班之后过来接我，一起回家，风雨无阻。

　　这样的日子，倒也幸福，商场里的姐姐们很羡慕我，总是打趣我说："你的允哥哥又来接你了。"

　　自行车、电动车，抑或是宝马，对于相爱的人来说，好像都一样。

　　冬天天很冷，他总是用帽子、手套、围巾，把我裹得严严实实的。

　　他又一次开始唱歌，调子轻快，都是当下流行的歌曲，那首《西海情歌》他再也没有唱过。

　　可能是因为快要过年的缘故，店里的生意出奇的好。有时候，一天能卖三四千元，纯利润也过千了。晚上我数着钱，坐在沙发上笑。王鹤允说："启儿，你真能干。"

我们的生活因为小店的生意火爆，而生出了新的希望。

我常常在想，生活到底是什么。或许就是一场又一场失败，一次又一次重新开始，一次又一次地选择。

到底是生活选择了我们，还是我们选择了生活，我想了很久，都没有想明白。

在经历了一场又一场失败之后，我们两个明白了一个道理，就是踏实和坚持对于人生的重要性。我们终于成长了，也变怂了，再也不敢折腾了。

喜欢安定，喜欢安稳，不再妄想突然成为有钱人，只想在这平凡的日子里老去。

王鹤允问我："你喜欢现在的生活吗？"

我说："谈不上喜欢，但是总感觉一切都好了起来，以后应该会越来越好。"

有时感觉，我们越用力去追逐某种东西，我们越得不到。当你一切随心的时候，好像什么都有了。我并不知道这是什么缘故，总觉得世间所有的事情，都在遵循着这样的规律。

王鹤允说："可能是急功近利，注定失败。"

在年前的时候，他终于在公司转正了，工资不是很高，但是很安定，时间很充裕。周末、节假日都放假，正好节假日我比较忙，他会过来帮助我。

周末的时候，他会把孩子接来店里，下班之后，我们会带着孩子看电影、玩游戏，在广场疯跑。王元看起来很开心，他长得很好，年龄很小，却很暖心。

跟王元在一起时间久了，我们喜欢上了这样的日子，择一座城，开一家小店，与爱的人厮守。

像是在梦里，很美好，没有大富大贵，但是吃喝不愁。人一生在追寻什么，不外乎是在追寻这样的生活罢了。

回到小城之后，一切都好像好了起来，我们有了更多的时间，感情也变得更加亲密了。两个人的生活多出了一个人：孩子。孩子越大，对于他的感情愈加深厚。

晚上抱着他睡觉的时候，时常觉得幸福。这时候王元已经五岁了。

他喜欢在睡觉的时候拉着我给他讲故事，喜欢赖在我的怀里，喜欢耍赖，但是很听话。爷爷奶奶把他带得很不错，干净有礼貌、性格外向、很爱说话、很少哭，喜欢拉着我们跟他一起玩枪战。

早晨醒来，房间干净明亮，阳光透过窗子爬了进来。我在厨房做饭，做好饭叫他们起床，父子俩在床上打闹，听到我的喊叫，快速起床、洗漱。

我们围着桌子一起吃饭，看电视。早饭过后去店里，开门。

在商场里，我不再是一个人，没人的时候，跟旁边店里的姐姐们凑在一起聊天，话也变得多了起来，生活一下子正常了起来。

王元在周内的时候，回老家上学，周末的时候过来找我们。

那年过年的时候，我发现小店一个月赚了一万多块，加上王鹤允的工资，我们第一次有了存款两万元。那应该是我们结婚这么多年，最快乐的时光。

在小城生活久了，逐渐习惯了这里的生活，对于大城市的执念，渐渐变淡。

回头去看曾经走过的路，艰难的、辛苦的、绝望的，所有的一切都成了过去。偶尔也会怀念曾经的日子，我们的感情因为共同经历的这一切，变得坚不可摧。

王鹤允说："你想过，我们未来的日子是这个样子吗？"

我说："好像没有，那时候总觉得我们没有未来。"

"那你想过离开我吗？"

"好像也没有，不知道为什么？"

后来我明白了，我们的爱情，在婚姻的洗礼下变了质，如同亲人一样存在。

好多人都说，婚姻是爱情的坟墓，对于我来说，王鹤允是我活下去的勇气，是我重新站起来的希望。他活得简单，像一张白纸，不受世俗侵扰。

我们在某种意义上很像。除了彼此，再无亲近之人，没有朋友，与亲戚们关系疏远。对于这个世界唯一牵挂就是父母，愿意为他们活着和努力。

王鹤允曾经问过我："你觉得活着有意义吗？"

我看着他，很难想象他会思考这个问题。

他说："在最绝望的时候，我曾经想过去死。尤其在自己一无所有的时候，是你给了我活着的勇气。"

他很少跟我说这样的话。

在那一刻，我终于知道为什么我们性格截然不同，却能在一起这么久。

其实在骨子里，我们都是一样的人，敏感、脆弱。

我一直觉得是王鹤允拯救了我，原来在这一场婚姻中，我们是相互救赎。

38. 柳暗花明又一村

我们的生活因为回到小城，而发生了天翻地覆的变化。年后，柳琪来看我，我已经很久没有见她了，她每一次从外地回来都会来看我。

那天我去车站接柳琪，她看起来像变了一个人似的，气质、容貌都好像发生了巨大的变化。

见到我她扑过来抱着我："姐，我好想你。"

工作之后，我很少有朋友，除了柳琪，我几乎没有和任何人联系过。同事的关系，仅仅只是在上班的时候存在，下班之后就会完全消失。

柳琪是特殊的存在，我们分开之后，常常会接到她的电话，有时她会从远方寄明信片过来给我，还有一些小玩意，或者书。

我的脾气古怪，少有朋友。上学的时候，除了卡卡和仲夏，几乎跟每个人的关系都不好。

我与柳琪的关系很奇怪，我并不知道，是什么让我们之间的感情一直存在。在她跟我讲外面故事的时候，我知道了。我把柳琪当成了另一个我，她在过着我曾经向往的生活。

那天柳琪说："姐，你变了，变得平和。这样的你让人觉得没有灵魂，你的幸福给我一种感觉，就是并非真正幸福。"

我说的没错，我就是她，她就是我，所以她能感知到我心里所有的想法。

"我老了，你还年轻，你的人生才刚开始，好好努力。姐这辈子，就这样了。"

她说："这不是你应该有的生活，你明白我说的，你应该有更大的舞台。姐，你的梦想呢？我记得你想成为作家。"

"作家，没有，没有，我没有这样的梦想。我现在的梦想就是活着，安稳地活着。"

"你不甘心，我在你眼里看到了。"

我苦笑说："不说这些了，说说你吧！有没有谈恋爱？"

她说："我遇见过很多男孩子，那个我爱的始终没有出现，但是我坚信他会找到我。"

"小丫头，你还真浪漫。"

她在我这里待了一下午，就走了。她的到来，让我的生活彻底改变。有人说："生命里出现的每一个人，都有他的使命。"

我想柳琪的使命或许就是唤醒我。

她走了之后，我开始想她说过的那些话以及她拥有的那自由的生活。

她说："你和姐夫的感情真让人羡慕，但是爱情并不是生活的全部，还有你自己，去做真正的自己。"

她离开之后，我恍惚了很久，过年之后，商场的生意淡了不少，有了大把的空闲时间。我开始看书，躺在店门口的长椅上，我记得我看的第一本书是《一个人的朝圣》。

看完之后，我一直在想，这样的人生，老了之后会不会后悔，回过头来看，每一天都相同，都在重复，我们的生命有何意义。

　　书是个好东西，它让我开始思考，心中关于写作的梦想，在看完一本又一本之后，逐渐燃起。

　　王鹤允的工作逐渐稳定，我们的空闲时间也越来越多。晚上回家之后，我几乎都在看书。在书中，我找寻到另一个世界，在这个世界里藏在内心深处的那个我逐渐复活。

　　我试着重新开始写文章，用手机在备忘录里写下一个个片段。在开始写文章之后，我变得快乐起来了。

　　在店里的时候，我一边卖货一边看书。看书的时候，我的脑海中经常会浮现出各种各样的句子，我会用手机记录在备忘录里。那时候，我并不知道做这些有何意义，可是做这些事情的时候，我觉得人生好像有了意义。

　　某天柳琪推荐给我一个APP，她说姐，很多人在这里写文章，操作非常简单，你试试看。我用手机下载了这个APP，操作确实很简单，用手机也可以完成更文、发布、修改。

　　我开始用"无戒"这个笔名在这个网站更新文章，我记得我写的第一篇文章叫《有梦就有未来》。文章很短，千字左右。文章里写着自己的梦想，我希望用笔写尽天下人情冷暖，就那样一直一直不放弃，直到生命的尽头。

　　那应该是我想要写作的最初目的，后来每当我丧失信心的时候，都会回过头看这篇文章。

　　那篇文章发出之后，我转发到朋友圈，收到很多人的打赏和点赞。就是他们的支持，让我有了勇气重新拿起笔。不论那篇文章是好是坏，被关注让我拥有了更多的动力。

　　我开始写一些小故事、小感悟，以及心中的想法。每天坚持在网站更新，竟然会有陌生的网友点赞、关注、留言。

　　店里生意忙的时候，我就在店里卖货，空闲的时候，一本接一本地看书。店里的货架上经常被我堆满了书。

有人问我，店里是不是还卖书，我笑着回应说不卖书。有时遇见志同道合的人还一起谈天说地，这样的日子倒也过得自在潇洒。

服装店的生意并不像想象中那般轻松，我常常早晨五点多起床，坐着930路两个小时，去康复路拿货。王鹤允在上班，所有的货都需要我从西安拿回来。好几大包，拖起来很费力。有时候回家的时候没有座位，我只能站两个小时。

回到县城，还需要叫上一辆三轮车，把货拉回商场。商场里的姐姐们常说，我们一天比男人还要男人。为了生活，每个人都尽力在这种无趣的生活里寻找着乐趣。

我喜欢坐在一旁听她们讲八卦，婆媳矛盾，夫妻关系，以及如何教育孩子。听到的故事，悄悄写在小说里。小店不大，货品已经占满了所有的空间，不能多余再放下一张桌子来放电脑。所以我的文章大多都是用手机写出来的。

有时候我用笔写在笔记本上，再用手机发到网上，虽然操作很麻烦，但是心里很欢喜。长这么大，唯有写作这件事是我自己想做的。你们无法想象，能做一件自己想做的事情，是多么幸福的事情。

从毕业到现在，整整七年。放下写作七年之久，心中常常会因为不能坚持梦想而难过，当我重新拿起笔的时候，我才明白，原来去做这件事并没有这么难。

当然很多道理并不是我们一开始就懂，人对于未知的东西，第一反应是恐惧的。看似容易的事情，我用了七年才知道。

写作之路并不顺利，身边的人听说我在写故事，总是各种揶揄、嘲讽。我知道，在他们心里，我一个三无女孩，竟然做这样的梦，真是可笑至极。

在诸多打击之下，我开始藏起来，偷偷写。那时候，只有一个人一如既往地支持我，那就是王鹤允——我的老公。

他说："我们现在的日子，终于稳定，你可以去做你想做的事情。"

我说："你不会觉得我在做梦吗？"

他说："记得你给我写的情书吗？我喜欢你，不仅因为是你，还因为你的才华。"

这件事他从来没有给我说过，那天他说："不论是否有成绩，只要你喜欢，就去做。"

然后我真的就去做了，而且做了很多年。

39. 回归本心，全职写作

可以去做自己喜欢的事情，到底有多幸福，只有真正体会过才知道。

回到小城之后，我一边开店，一边看书写文字。王鹤允似乎也开始了新的生活，养狗、养花、工作。

我们在一次次失败中，选择了平淡，在平淡中去寻找本心。

我们想要赚钱，可是努力很久都没有赚到钱，换来的结果是越来越窘迫的生活。家里的每个人都在为我们的前途而担忧，我们尽力把自己藏起来，不和任何人联系，内心惶恐而敏感。

离开西安之后，我们好像都变了许多，不再像以前那般焦虑。

在平淡的生活里做着自己喜欢的事情，王鹤允的工作越来越忙，应酬越来越多，很多时候，我都一个人在家。坐在卧室那张桌子上写小说。用笔写，写完了一个笔记本，又一个笔记本。

在这样的生活里，我完成了一本三万字的短篇小说，一本十万字的中篇小说。渐渐在网站积累了一些人气，对于这个圈子有了一些了解。

王鹤允喝酒之后，就会变成一个小孩。他喜欢抱着我不停地喊"媳妇"，好像我们分开很久似的。在这份工作里他找到了自己的价值，我看着他一天比一天自信，一天比一天成熟。

在他的身上几乎看不到过去的影子。这样的王鹤允似乎变得更有魅力，他变得包容、温柔。

我不知道是什么让他有了这样的变化，在我们争吵的时候，他不再据理力争，喜欢温柔地说："媳妇，你脾气真大。"

我好像更喜欢现在的他，人都说男人晚熟，或许是真的。过了三十岁之后，他完全变了模样。心态，行为，还有对老婆的耐心都变了很多。

他的生活里再次出现除了我之外的女人，有时候，因为应酬，他会和她们一起吃饭。在回家之后，也会有诸多联系，这些行为都让我很难受。

我不说，也不问，只是心里不开心。

王鹤允打完电话，看着坐在椅子上发呆的我，问："想啥呢?"

"没有想啥。"

"是不是又吃醋了?"

"我没有。"

"你放心，除了你，没有人能看上我。"他笑着跟我说。

"那你的意思说我眼光差?"

"没有，没有，是因为没有人能比得上。真的，外面的女人都是工作，我看都不多看一眼。"

说完他拿出他的手机给我看。

"老婆，这是我手机，你随便查。"

我被他惹笑了，刚才的不开心瞬间消失不见。我扑过去抱着他，压倒他，恶狠狠地说："你要是敢出轨，我就阉了你。"

他佯装很害怕的样子，说："老婆，我没那么傻，这么好的媳妇还出轨，除非我脑子有问题。"

晚上，我还是会拉着他的手入睡，这个习惯保持很多年。他不在我身边的时候，我时常失眠。习惯真是个可怕的东西，我无法想象离开他之后的生活。

下班之后，我们有时候会出门遛狗，沿着小城那条河岸，走很久。他带着狗，拉着我。我有时候会喊他允哥哥，他还会摸着我的头说："傻丫头。"

"这个世界上，除了你之外，没有人见过我像女人的样子。"

"你还想让谁看见？"

"我没有。"

"下次你一定要给我作证，我不是女汉子。"

"好啊！你不是女汉子，你是女流氓。"

"王鹤允，你想死吗？"

"启儿，我感觉我们回到了初恋的时候。"

"那些年，我们太忙，忙到忘记我们应该拥有什么样的生活。"

"很幸运有你陪伴。"

春暖花开的日子，我们的人生也春暖花开。虽然我偶尔失意，无法浪迹天涯，但也满足。

他总说："启儿，会有那一天的。我会努力让你去做你喜欢做的事情。"

过年之后，小店的生意大不如从前，很多时候只能赚回本钱，这让我颇为惆怅。王鹤允说："别太在意，你就当这个小店，是给你用来消遣的。

我坐在小店门口，看着商场里人来人往。觉得自己已经过了一生那么长，把这些感受写进故事里。写文章真的是一件很好的事情，可以让我内心所有的情绪有一个出口。

不到一年的时间，我在网站写了五十多万字，有了上万读者。

那时候，对于出名，对于成为作家，我完全没有意识，只是喜欢做这件事情而已。

我的坚持给了我一个新的机会，我的两本书被平台签约，上架在各大平台上。我收到了网站的签约作者合同。

我永远记得那一天，应该是十一月份，我还在店里和顾客讨价还价。在手机上看到网站工作人员给我发来签约的电子版合同，我丢下顾客，看着手机大笑。

打电话给王鹤允："老公，我收到网站签约邀请了。我要成为签约作者了。"

那边的他听着比我还激动，连声说："好。"

我一直没有想明白的一件事就是，以前明明很努力，却没有做好一件事。而现在，只是因为喜欢，坚持去做一件事，甚至没有想过结果，却有了意外惊喜。

与此同时，我也收到了王鹤允加薪的消息。双喜临门，不光我们开心，家里人也因为我们的成绩而开心。

我们终于在自己擅长的领域里找到了自己的价值。

在重新拿起笔写作之后，我的生活在潜移默化中不断发生变化，在这里，我认识了很多志同道合的人，见到了一个不一样的世界。一个不是为了生活苟且的世界，在这个世界，我看到了人生诸多可能。

也因为走进这个世界，我才明白，人原来可以这样活着。

我再次想起柳琪曾经跟我说过，这世界上有很多人在按照自己的意愿活着。

这个曾经离我很远的梦想，现在变得触手可及。

王鹤允说："明年，我们要把王元接到我们的身边。他都已经六岁了，要上小学了。"

我说："好。"

成为签约作者之后，我拥有很多机会，做讲师，帮人写文案、写广告。有时一个月竟能赚到上万块钱，这是我曾经从来不敢想的事情。

写作渐渐成了我的主业，小店倒成了我的副业。我常常为了听别人讲故事，把衣服进价卖给客户。也常常因为写作，不去招呼客人。小店生意越来越差，甚至入不敷出。

网购走进家家户户，实体店的活路越来越少。有时候，网上同款衣服比我们进价还要低，生意越来越难做。小店的存在仿佛就是为了方便我在这里肆无忌惮地写作、读书。

过年赚了几万块，一交房租就所剩无几了。

我想了许久，决心全职写作。

当我再次说出，我不想开店了，想在家全职写作、带孩子，没想到获得了全家人的支持。在外人看来不可思议。在我们这个家里，似乎我永远是自由的。

王鹤允、公公、婆婆都没有任何意见，我顺利获得自由了。

你看，我再次把店开到关门了。店铺转让几万块钱，加上过年赚的钱，我竟也有几万元的存款。这给我全职写作带来了极大信心。

那天店门关了之后，王鹤允说："你看我们真的好厉害，做啥啥不成。"

我看着他笑了，笑得很轻松，因为我终于要去做我想做的事情了。

那年我27岁，王鹤允31岁。

我们经历了无数次失败，终于找到适合自己的生活方式。

王元被我们从老家接了过来，在身边上学。他已经长的很高了，我还能想起他出生的那天，瞪着大眼睛看着我，那时候，我还不知道怎样做一个妈妈。

　　王元来了之后，与其说我是全职写作，不如说我是一个全职妈妈。我学会了做饭，照顾孩子，学会了当一个母亲。

40.择一人而终老

店铺转让之后，我终于有了属于自己的时间。一边带娃，一边看书、写文。

王鹤允说："启儿，连我都羡慕现在的你。"

这样的日子里，我开始规划自己的人生。

三十岁之前来一场说走就走的旅行。

坚持写文一辈子。

去考学历，拿到本科毕业证。

走出国门，去看看外面的世界。

我把我的计划拿给王鹤允看，他说，我相信你可以的。

28岁生日前一天，我跟王鹤允说，我想去旅行。他拿出一张卡给我说："去吧！去做你想做的事情。"

我安顿好孩子，买了一张火车票，一个人去了远方。

在黄河边上喝茶，在陌生的街道散步，打电话给王鹤允，跟他讲我在外面的见闻。

那是我第一次出行，从兰州出发，从青海回来。离开整整半个月。一个人，行走在天地间。这就是我理想中的生活，是我想要的生活。

住在青年旅社，晚上听天南海北的人讲故事，把他们写进我的小说里。在沙漠里骑马，半夜爬起来看日出，在一条无人的公路上奔跑。

跟很多人讲我和王鹤允之间的故事，他们都说，你们之间的事像极了故事，不真实。没有人相信，一个丈夫愿意让自己的妻子一个人独自去旅行。

只有我知道，我们之间的感情外人永远无法明白。

他曾经说过："你想要的，只要我可以做到，我都愿意给你。"

他真的做到了。他给了我决定的自由，也给了我去寻找远方的机会。

我问过他："你不怕我一个人在外面出轨吗?"

他说："我相信你，更相信我，如果你要离开我，我会放你离开。"

这世上除了他，我还能爱谁，又有谁愿意这样无条件支持我做任何事情。

有人说："好的爱情就是彼此成就。"

我因为遇见他而做了自己，找到了属于自己的人生。

那一年，我们结婚刚好七年，并没有出现想象中的七年之痒。

记得我跟他说过："我们竟然已经结婚七年了。"

他漫不经心地说："我感觉我们还在热恋中。"

身边的很多人离婚了，再婚了，还有人说不相信爱情了。我很幸运，他还在我身边。

一场说走就走的旅行并不难，如果你有一个支持你的丈夫。

后来在我每一次厌倦家里琐事，心烦意乱，无法创作的时候，他都会说："你想旅行就去吧! 我来看孩子，挣钱。"

后来的几年，我一个人去过很多地方，有时去玩，有时去讲课，有时去做活动。

正好赶上新媒体时代，我开始做社群、带作者、写文案、写小说、做公众号、付费课程，赚了不少钱，生活不再拮据，日子变得更好。

我们也拥有了很多三口之家享受天伦之乐的日子。他的工作逐渐稳定，我们贷款买了一辆属于我们自己的车子，我付首付，他还贷款。

有了车子之后，每到周末，我们都到陕西周边的地方去玩，带着孩子。生活的压力与我们越来越远，生活越来越舒适。

他没变，还是不会记得所有的纪念日，甚至忘记我的生日。

我们的生活平淡如水，不过是一家三口和和美美。却成了很多人羡慕的样子，我学会了做菜，没事时一家人在一起包饺子，给他们做想吃的各种美食。

29岁生日前一天，我跟王鹤允说："这是我人生最后一个愿望，去国外看看。"

他看着我许久说了一句："你一个人不安全。"

我说："我可以。"

他没说话。那是他第一次没有支持我，我们开始冷战，直到我离开那天他都没有跟我说话。我还是去了，一个人，跟着团。

人总有自己的执念，出国是我的执念。

飞机起飞，一直到泰国，他都没有一句问候。

在国外十天，我从泰国到新加坡到马来西亚整整十天。我终于完成了自己的心愿，可是我一点都不开心，因为他，我的心情糟透了。

回家的那天，我在马来西亚花了一万多元给他买了一款手表。

那是我第一次感受到绝望和失望，对我们的感情产生质疑，我不明白为什么，每一次他都支持我，唯独这件事他不支持我。

认识九年，那是我第一次产生离婚的念头。每一次冷战，从来没有超过一天，这一次足足有十天，直到我回家的那天，他都没有主动跟我说过一句话。

那天我回家的时候，已经凌晨两点。

他和孩子已经睡了，我推开门，看见孩子给我留的纸条，用铅笔歪歪扭扭写着：妈妈我给你买了方便面，记得吃哦！

我坐在沙发上看着我们的家，突然觉得很心安。在国外那十天，我并没有想象中那般开心，总是想起我们的小家，想起家里的这两个男人。

这世上到底什么才是最珍贵的，那一刻我明白了，是家，是安定的生活。

我边吃方便面边哭，因为什么哭，我不知道，就是突然觉得很难过。他不知道什么时候站在我身边，面无表情地看着我说了一句："你回来了。"

我说："哦。"

他又像以前一样摸了摸我的头发说："完成心愿了，怎么坐这里哭。"

我没说话。

他过来坐在我身边，伸出手抱了抱我说："你终于回来了，有没有给我买礼物？"

我转过头看见他阳光灿烂的脸说："你要是再不理我，我就要跟你离婚了。"

他沉默很久说："你走那么远，你有事，我都没有办法立刻去找你。你总是这么固执，从不考虑我。"

说完又跟了一句："回来就好。"

"礼物呢？你不会没有给我带礼物吧！这样是不是太不厚

道了。"

"没有，我什么都没有给你带，你竟然狠心对我不管不顾。"

"傻丫头，我有看你朋友圈，你看起来每天都很开心，只要你开心就好。"

我把那款表拿给他，"给你，我打算你不理我，我就送给我爸。"

我看见他眼睛在发光，我知道他想有一款好的手表很久了。

"多少钱？"

"一万多元。"

"这么贵，你这个败家娘们。"说完他高兴地把表收了起来。

我何其幸运，遇见了他，遇见这样一个愿意支持我任何看起来不靠谱决定的人。

他说："如果我们都离婚了，我就不相信爱情了。"

我说："我也是。"

从一而终，一生相守，是我们对彼此的承诺。给对方最大的自由，是我们婚姻长久的秘诀。

30岁生日的前一天，我跟他说："我想开公司。"

他说："你想好了，就去做。"

"有可能不会成功，我们赚的钱全都会赔进去。"

他说："我们又不是没有失败过，不怕，我有工作，足够养活你们母子。"

在我公司成立的第二个月，我获得一个很好的上班机会，去一家出版社做网络运营，工资过万，要与他两地相隔，亦可能照顾不到孩子。

他说："你愿意去就去。我支持你。"

我在他的脸上看到了不情愿，即使如此，他依然会说："只要你想去，我都支持你。"

面临这样的选择，我陷入了两难之中。

从我去那家公司之后，我就再也没有看见他笑过。

我知道他喜欢现在的生活，喜欢我们在一起的小日子，这就是他想要的全部。

为了他，我决心放弃这次机会，回家继续经营公司。在我告诉他我决心不去上班的时候，他笑得很开心。

我喜欢这样的他，也喜欢我们的小日子，只是我这一生从未去过大公司上班，那对我来说是致命的诱惑。

可是人活着，还有比工作更重要的东西，那就是家。

一个人没有了家，所有的奋斗都将没有任何意义。

放弃那次机会之后，我们的生活再次回归平淡。

他给家里养满了花，我记得他曾经说过："你读书、写文章，我来替你养花。"

他给我的所有承诺都实现了，我一边写文章一边打理公司，参加自学考试。

而他一直在上班，有时候工作不顺。

我跟他说："不开心就不做了。"

他说："你替我去看世界，我帮你赚钱，巩固后方。"

"你说我们能在一起多久？"

"我说过，想要一生一世的爱情。"

"嗯，真巧，我也是。"

"傻丫头。"今年是我们认识的第十年，结婚的第八年。我还记得，我们结婚的时候一无所有，而今什么都有了。最重要的是，他还在我的身边，我们还如从前一样相爱。

你相信一见钟情吗？

我信。

遇见他的那天，我的脑子里出现一个念头：这就是我的老公。

是不是神奇。

但是，是真的。

后 记

2019年12月31日，这部小说刚好完结了。

本来打算多写几万字，可是，好像故事到了这里结束刚刚好，所以选择大结局。

写小说是一个很有趣的过程，在这个过程中，我们不断地产生各种各样的想法，思绪跟着故事飞向另一个世界。整个人的身心都是愉悦的，说真的，我喜欢写小说，并且享受这个过程。无论这个故事在别人眼里是好还是坏，在我的心里，它始终是独一无二的。

"38℃爱情"，这个小说的名字是忽然产生的。

我一直在想最好的爱情应该是什么样子。

我觉得38度刚刚好，比正常的温度高一点，但不至于让人觉得难受。在平淡如水的生活里可以荡起涟漪，但不会激流勇进，覆盖生活原本的样子。

很多人问我，这部小说算是你和先生的自传小说吗？应该算的，他们经历的故事，我们都曾经历过，甚至比故事还要艰难，很多故事并没有出现在小说里，所呈现的不过是最美的记忆，那些想起来嘴角上扬的场景。

我说过要给他写故事的。这一年，是我们在一起第十年，所以写下了这样一个故事，来纪念我们曾经经历过的一切。

很幸运，我和故事中的吴启一样，嫁给了爱情，遇见了最好的人生。

故事结束了，人生还在继续。

之后的人生，或许我还会遇见更多的困境，但是我会始终记得38度的爱情、38度的人生。我想，这样的人生应该不会太糟糕。

人活着必须有信念，拥有相守一生的爱情就是我的信念。

很多人不相信爱情了，很多人经历了婚姻的失败、爱情的痛苦。这个故事存在的意义在于，它告诉我们世界依然有真爱，有真情。不离不弃不是一个谎言，而是人生路上我们走得太快，忘记了这个诺言，才会失去挚爱。

真正的爱情，无论曾经经历什么，都不曾想过分开。

好的婚姻，是在油盐酱醋的琐碎中依然可以做自己，成就对方。

给彼此最大的自由，放下猜忌和占有，把爱和希望放在心中。

有人问我相信爱情吗？

我相信爱情是存在的。

无论有多少人离婚、出轨，我依然相信。

一段糟糕的婚姻，或许只是因为我们没有遇见对的人。大步往前走，我相信那个真爱你的人，在远方等你。

说出我爱你，很容易。

真的白首不相离很难，信念很重要，相信自己，相信所爱的人，你会拥有幸福。

每次写完一部小说，都像重新经历一段人生，身心俱疲，但也快乐。

希望每一个遇见这本书的朋友，能够相信爱情，去寻找自己的人生，去过自己想要的生活。

有一天，我公众号后台收到这样一句话。

你总说，去过自己想要的生活。

那是不可能的，有的人连自己想要的生活是什么都不知道。

我明白他所说的，也同意他所说的。因为我曾经历过这样的生活、迷茫、焦虑，看不到希望，害怕改变。

相信我，从现在开始，去思考你想要什么，一点都不迟。

从明天起，做一个为自己而活的人，做一个知道自己想要什么的人。

不要走太快，累了就休息，难过就大哭，想要什么就去争取。

你会拥有不一样的人生。

感谢大家对《38℃爱情》的支持，也感谢大家对无戒的支持，我会努力写出更好的作品。

未来的每一天，祝福大家每个人都活成自己想要的样子。

2020年1月1日完稿于西安